I0748415

El Grimorio y la Magia Ceremonial

La guía definitiva para lanzar y elaborar hechizos mágicos, prácticas wiccanas y otros secretos de la brujería

Índice de contenidos

Su regalo gratuito

¡Gracias por descargar este libro! Si desea aprender más acerca de varios temas de espiritualidad, entonces únase a la comunidad de Mari Silva y obtenga el MP3 de meditación guiada para despertar su tercer ojo. Este MP3 de meditación guiada está diseñado para abrir y fortalecer el tercer ojo para que pueda experimentar un estado superior de conciencia.

https://livetolearn.lpages.co/mari-silva-third-eye-meditation-mp3-spanish/

Primera Parte: Grimorio

Cómo lanzar y elaborar hechizos mágicos, aprender las prácticas wiccanas y desvelar los secretos de la brujería a través de un diario ritual

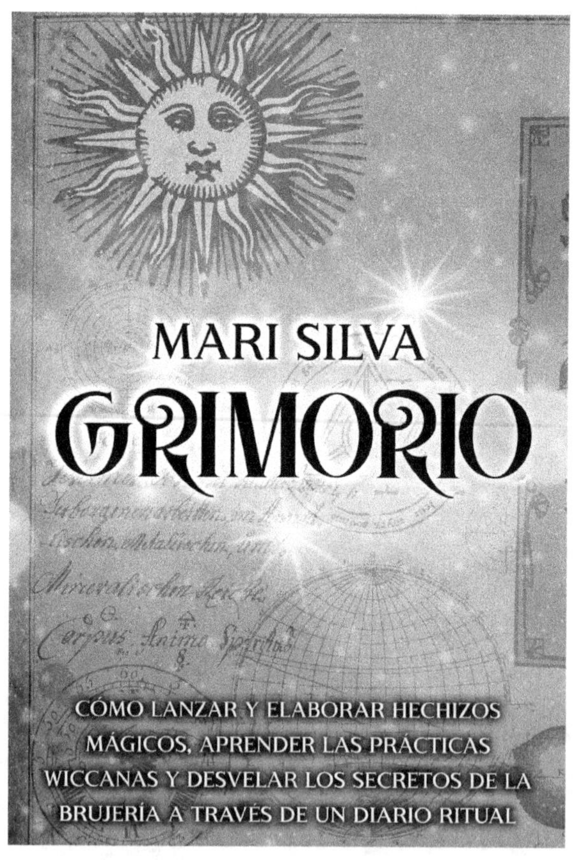

Introducción

¿Le gustaría tener un diario personal lleno de increíbles ilustraciones, poderosos hechizos, instrucciones sobre brujería y otros materiales mágicos? No busque más; este libro le ofrece toda la información que necesita para crear un grimorio que será la parte más importante de su oficio. Puede elegir entre una mezcla de referencias wiccanas y paganas para mantener su grimorio al día añadiendo algunas referencias más modernas para mejorar su libro. El grimorio que cree será un magnífico testimonio de su trabajo y un libro que podrá atesorar y completar a medida que sus habilidades crezcan y florezcan.

Capítulo 1: El arte mágico de los grimorios

La historia del grimorio se remonta al interés original por la magia y lo oculto. Estos temas han fascinado a los humanos desde que empezaron a caminar erguidos. Los grimorios son un registro fascinante de los intereses y el uso de la magia a medida que la humanidad evolucionaba mental, física y espiritualmente. Son un registro histórico de las creencias más íntimas de las personas que vivieron en la antigüedad y de cómo utilizaron los conocimientos que descubrieron.

El término grimorio se originó en la primera parte de la era medieval, pero el concepto real se remonta a más atrás. El término procede de la palabra francesa *Grammoire*, que significa "escrito en latín", mientras que algunos creen que proviene del término *Grammaire*, que significa "gramática". Aunque el término procede de una lengua europea, los primeros grimorios también se encontraron en Mesopotamia en el año 5 a. C.

En la Biblioteca de Alejandría se guardaban ejemplos de grimorios, que trataban de asuntos más financieros y sexuales que los hechizos más tradicionales que se encontraban en los libros sagrados. La magia y las prácticas mágicas han existido desde la prehistoria, y la idea de un "libro de hechizos" se adoptó desde que los chamanes compartían sus conocimientos esotéricos con los demás miembros de su sociedad. Los grimorios eran recetarios llenos de hechizos mágicos, talismanes, imágenes de entidades espirituales y cómo invocarlas.

Aunque el concepto de grimorio ha evolucionado hasta convertirse en un tomo más personal, los primeros libros se asociaban a figuras eruditas más que a las brujas de jardín comunes de la época. Los alquimistas y los santones registraban sus hechizos y pociones curativas, mientras que los miembros superiores de la iglesia se encargaban de llevar los registros y almacenar la información. Como los libros eran escritos y utilizados por practicantes religiosos más establecidos, los ejemplos auténticos no incluían rituales o hechizos paganos. Las ediciones más modernas de grimorios tienen un espectro más amplio de creencias y prácticas mágicas; las primeras ediciones eran más tradicionales.

Tal vez la mejor manera de entender la importancia de los grimorios originales para la gente de la época sea examinar algunos de los grimorios más significativos desde el punto de vista histórico. Los libros que se enumeran a continuación son algunos de los mejores ejemplos de grimorios disponibles.

El manual de Múnich

Este manuscrito del siglo XV se conserva en la Biblioteca Estatal de Baviera, en Múnich. Se desconoce el autor original y la fecha de publicación, pero es un ejemplo perfecto de la miscelánea de los grimorios tradicionales. El libro contiene un banquete imaginario en el que se sacrifica un pájaro de colores (la abubilla) para que el hechizo funcione.

Se centra en las prácticas demoníacas e ignora por completo a los seres angélicos o cómo convocar a las huestes celestiales. El autor no se disculpa por incluir hechizos diseñados para forjar conexiones con seres demoníacos, algunos de los cuales se incluyen entre los setenta y dos demonios de Goetia. Estos legendarios demonios fueron apresados por el legendario Salomón, quien los arrojó al mar en un recipiente de bronce. Se dice que esta vasija fue encontrada posteriormente por los babilonios, que la abrieron por error y liberaron a los demonios y sus legiones, que volvieron a vagar por la tierra. El manual de Múnich nombra a varios demonios que se cree que forman parte de los seres capturados por Salomón y que podían realizar “todas las abominaciones” conocidas por el hombre.

El gran grimorio

También conocido como *El Dragón Rojo,* este grimorio fue supuestamente escrito en 1522. Sin embargo, es más probable que se produjera en el siglo XVIII o incluso después. Se le considera el ejemplo de grimorio "más malvado y peligroso". Contiene hechizos y conjuros para convocar al más alto poder maligno desde las profundidades del mismísimo infierno; Lucifer, el todopoderoso gobernante del infierno y todos sus dominios.

Los hechizos y rituales descritos en las páginas del grimorio son tan atroces y poderosos que muchos practicantes y expertos en magia no aprueban la lectura del libro. Las fórmulas, los hechizos y los secretos que contiene están asociados a la trinidad maligna de Belcebú, Astaroth y Lucifer. Uno de los hechizos más moderados consiste en hacer bailar a la gente desnuda en público mientras el lanzador del hechizo permanece invisible para poder presenciar su vergüenza y degradación. Explore el gran grimorio por su cuenta y riesgo; incluso los magos más experimentados y los seguidores de lo oculto han emitido advertencias contra la asociación con este poderoso y nigromántico libro de hechizos.

Heptamerón de Pedro de Abano

Este manual del siglo XIV se atribuye al acreditado filósofo italiano Pedro de Abano. El término heptamerón significa siete días y detalla la importancia de los días de las semanas en función de los ángeles o espíritus celestiales que se intenta invocar. El grimorio es una fuente de información sobre las ceremonias de consagración y el uso de la sal, el agua y el incienso en los rituales. Es especialmente importante en los círculos ocultistas debido a su influencia en posteriores publicaciones, lo que lo convierte en un clásico aclamado. Este libro es uno de los primeros grimorios que hacen referencia a los círculos mágicos y al importante papel que desempeñan en la protección del practicante.

Los tres libros *de Filosofía Oculta de Heinrich Cornelius Agrippa*

Esta serie de grimorios es una de las más importantes jamás publicadas y contiene enormes volúmenes sobre astrología, brujería, magia con hierbas, ángeles y demonios. Es la fuente principal para entender cómo la época del Renacimiento utilizaba materiales mágicos para influir en sus vidas y trabajos.

Es el repositorio más completo de magia pagana y neoplatónica jamás compilado y se considera la fuente de referencia definitiva para los trabajos mágicos. En sus páginas descubrirá extractos de libros escritos por Platón, Aristóteles y otros grandes de la literatura. También descubrirá cómo trabajar con la magia natural y ceremonial utilizando el poder de la naturaleza para conectarse con la magia de la tierra usando la cábala y la geomancia para encontrar el alma del mundo.

El grimorio fue extensamente editado y traducido por el erudito ocultista Donald Tyson en 1992 para editar los errores y equivocaciones contenidas en los textos originales y hacer la obra comprensible y accesible a la sociedad moderna. En él, encontrará los sigilos y signos correctos que debe utilizar cuando practique el trabajo oculto y las figuras geománticas que atraen los hechizos que lanza y utiliza. Los *tres libros de Filosofía Oculta* están considerados como una de las herramientas esenciales de la brujería y el ocultismo y siguen siendo utilizados por estudiantes de todo el mundo.

El Libro Jurado de Honorio

El libro contiene noventa y tres capítulos que cubren temas como salvar almas del purgatorio o cómo atrapar a un ladrón. Hay hechizos destinados a salvar a la gente de la persecución de la Iglesia y a descubrir tesoros. Publicado en el siglo XIII, es una visión completa de cómo la Iglesia trataba el ocultismo y los libros de magia. También contiene una descripción detallada de la creación de la "visión beatífica", donde el practicante es bendecido con una visión del rostro de Dios.

El Picatrix

El Picatrix, una de las primeras versiones de un grimorio, es uno de los primeros ejemplos de magia árabe relacionados con los misterios del mundo astrológico y la magia celestial. No se conoce su autor, y los expertos han sugerido que está escrito en el estilo de un estudiante o aprendiz de una escuela de magia de Oriente Medio.

La mayor diferencia entre el Picatrix y otros grimorios es el uso de fluidos corporales y plantas psicoactivas para los hechizos y rituales. Los libros occidentales utilizan la naturaleza, pero los ingredientes utilizados en el Picatrix son más exóticos y extraños.

Anima a los usuarios a potenciar el poder del cosmos y a canalizar la energía interior. Algunos hechizos incluyen "cómo destruir una ciudad con un rayo silencioso" y "cómo dominar a la gente a distancia". Está ilustrado con etiquetas y notas celestiales que dan la impresión de que se añadían a diario a medida que el estudiante se volvía más hábil y aprendía.

De Nigromancia

Este libro en latín del siglo XVI fue falsamente asociado a un famoso científico inglés llamado Roger Bacon. Es una curiosa mezcla de oraciones, invocaciones, hechizos, exorcismos y rituales destinados a levantar los espíritus más cuestionables, como los espectros y los demonios. Se refiere a los setenta y dos demonios de Goetia e incluye hechizos para invocarlos. Los demonios se clasifican en varios rangos; todos tienen su función en el infierno. El texto se refiere a los demonios como la Goetia. La Goetia está intrínsecamente ligada a los demonios atrapados por Salomón y posteriormente liberados en el mundo por los babilonios.

Se enumeran como reyes, duques, duquesas y príncipes con el demonio principal llamado rey Baal. Se le describe como un ser de tres cabezas con rasgos humanos, de gato y de sapo, el principal demonio de la región del infierno, y el grimorio se concentra en él y en sus secuaces. Contiene hechizos, sigilos y rituales para invocar a los demonios cuando sea necesario. Algunos de los puntos fuertes de los demonios son:

- El poder de infundir invisibilidad.
- Funcionar como portavoz de las almas de los muertos.
- Curar dolencias y enfermedades.
- Tener el conocimiento para resolver todos los misterios.
- Conceder prestigio y riqueza.
- La creación de caos, batallas y guerras.
- El otorgamiento de amor mutuo.
- El poder de convertir a los muertos en un ejército que luchará del lado del invocador.
- Poderes alquímicos para convertir el metal común en oro.

La Tabla de Esmeralda

Algunos podrían cuestionar la inclusión de una tablilla en esta lista de grimorios, pero se cree que esta antigua piedra es la forma más antigua de texto secreto místico que existe. Algunos expertos creen que puede remontarse a uno de los hijos de Adán y Eva, mientras que otros dicen que se originó en el siglo VIII. A pesar de que no hay pruebas sólidas de sus orígenes, la tablilla se anuncia como la guardiana de los "secretos del universo", lo que debe calificarla como una forma temprana de grimorio.

La *Tabla de Esmeralda* pronto se convirtió en una de las fuentes de información más fiables entre los eruditos que estudiaban la forma occidental de la alquimia. Una de las traducciones sugiere que el texto está dedicado a las siete etapas de la transformación alquímica, pero otras sugieren interpretaciones diferentes. Uno de los mayores misterios que encierra la tablilla es el conocimiento de toda la verdad, e incluso hoy en día, su texto está creando nuevos misterios a distintos públicos.

Isaac Newton intentó traducir la tablilla, y su trabajo puede verse en la biblioteca de la Universidad de Cambridge, en Inglaterra. Los infames ocultistas John Dee y Aleister Crowley también han estudiado la tablilla en busca de los secretos que encierra, mientras que la moderna serie de televisión en alemán *Dark* hace referencia al grimorio.

El libro de los amuletos

También conocido como el *Libro de los Secretos*, se cree que este grimorio fue entregado a Noé por el arcángel Raziel para enseñarle la creación de la Tierra y los cielos. Se dice que Noé pasó el libro al rey Salomón para alimentar su conocimiento y poder. El libro está dividido en siete secciones que relatan la creación del mundo y la influencia de las figuras clave que lo habitan.

El grimorio contiene ritos mágicos, rituales, profecías y una oración al dios del sol Helios. En un tiempo, el libro se consideraba parte del judaísmo ortodoxo y un libro de consulta para que los seguidores de la fe accedieran a los ángeles y pudieran invocarlos en lugar de a Dios, para que les ayudaran en sus trabajos y ambiciones espirituales. En la actualidad, el judaísmo moderno considera que la obra es poco ortodoxa y roza la herejía en comparación con las enseñanzas más recientes. El libro sigue siendo un grimorio informativo, y la traducción más moderna publicada en 1983 contiene un manuscrito informativo de fácil comprensión.

La Llave de Salomón

Aunque el grimorio se asocia con el rey bíblico, es más probable que se haya originado en el siglo XIV. Escrito en latín, es uno de los libros más importantes e inclusivos de la magia negra que se ha convertido en una pieza literaria muy conocida que aparece en el libro de Dan Brown de 2009 *El símbolo perdido*.

Se cree que es una obra en colaboración e incluye los escritos de muchos autores. La Llave de Salomón se divide en dos partes conocidas como la *Llave Mayor* y *la Llave Menor* de Salomón. Los libros contienen una guía completa de amuletos mágicos, preparaciones rituales, cómo invocar a los ángeles y demonios, y muchos otros temas.

El manuscrito original se encuentra en el Museo Británico, pero se pueden comprar reproducciones en librerías de renombre. Las ilustraciones son intrincadas e informativas, y el texto cuenta con numerosas versiones diferentes. La *Llave de Salomón* se diferencia de otros grimorios renacentistas en que no menciona a los setenta y dos demonios capturados por Salomón y arrojados en una vasija de bronce. Hay maldiciones e invocaciones para invocar a los muertos y a los demonios para que obedezcan la voluntad del invocador. El texto también incluye instrucciones para realizar exorcismos y sacrificios de animales para complacer a los espíritus y seres celestiales.

¿Cuál es la diferencia entre un libro de las sombras y un grimorio?

Con el creciente interés por la brujería en los últimos tiempos, el término libro de las sombras se utiliza ahora para describir varios libros que guardan las personas que practican la wicca o la brujería. Un libro de sombras pagano debe ser un registro personal de sus trabajos. Contiene secciones dedicadas a lo siguiente:

- **Leyes del aquelarre o grupo del que formas parte —** Toda la magia tiene reglas, y los grupos separados tendrán ciertas pautas a seguir. Mantener una lista de estas reglas y tradiciones al principio de su LDS le ayudará a atenerse a las reglas. Si es una bruja solitaria, puede utilizar esta sección para registrar lo que considera aceptable y los valores personales y la ética que cree que forman parte de su oficio.
- **Listas de sus dioses y diosas favoritos —** Todas las brujas y los practicantes paganos tienen sus deidades personales con las que les gusta trabajar. Utilice su LDS para incluir obras de arte, leyendas y mitos que se relacionan con sus

deidades para que pueda registrar exactamente por qué son tan especiales para usted.

- **Rituales que prefiere a lo largo del año –** Cada bruja tiene una época del año favorita, una estación en la que siente que sus poderes son más fuertes y celebra las costumbres y los rituales. Si prefiere un determinado solsticio o sabbat, utilice su LDS para registrar los rituales y hechizos que funcionan mejor durante esa época.
- **Registros de adivinación –** Cuando intente nuevas formas de adivinación, como la cristaloscopia o las runas, utilice su LDS para anotar su progreso. A medida que experimenta con prácticas mágicas, utilice las páginas para recordar lo que sucedió.
- **Tablas de equivalencia –** ¿Encuentra que ciertos cristales funcionan mejor con algunas hierbas que con otras? Anótelos y registre cómo los utilizó y sus resultados. Registre la fase de la luna en la que tiene más éxito y otras combinaciones.

Estas son solo algunas ideas de lo que puede incluir un LDS; lo principal es recordar que se trata de su diario y que no debe compartirse con otros.

Los grimorios son libros de magia más tradicionales que se han transmitido a lo largo de los años. Son una versión más formal del LDS y deben ser un registro de su investigación y trabajos mágicos, pero no deben incluir su información personal.

Cosas que se deben incluir en un grimorio

- **Altares y herramientas:** Cómo cambiar su altar dependiendo de la temporada y el uso, cargar y bendecir los altares, y las diferentes herramientas que utiliza con él.
- **Amuletos y talismanes:** Cómo mejorar y limpiar sus herramientas espirituales para mantener el mal alejado y atraer la energía positiva.
- **Rituales de limpieza:** Cómo usar diferentes métodos para limpiar su casa, su altar y sus herramientas usando sales, agua y borrones.

- **Cristales:** Los poderes tradicionales de las piedras preciosas y los cristales.
- **Días de la semana:** Las deidades asociadas a cada día de la semana, y qué magia funciona mejor según el día elegido.
- **Sueños:** Una guía sobre el significado de los sueños y cómo los espíritus envían mensajes mientras dormimos.
- **Elementos:** Los poderes y propiedades mágicas de todos los elementos y cómo funcionan en un sentido mágico.
- **Familiares:** Incluye animales espirituales, guías y aliados en el mundo espiritual.
- **Rituales de curación:** Hechizos dedicados a la curación y a la alineación espiritual.
- **Historia del oficio:** Incluye cualquier investigación histórica relacionada con las brujas, las pruebas que han soportado las brujas a lo largo de la historia, ejemplos multiculturales de magia, paganismo y folclore que le interesen.
- **Pociones de amor:** Registre cualquier información mágica relacionada con asuntos del corazón y recuerde incluir el sexo y el amor propio en su investigación.
- **Civilizaciones perdidas:** Los antiguos misterios del mundo incluyen varias civilizaciones perdidas, como Zapoteca, Dilmun, Nok y Vinca. Estos primeros ejemplos de sociedad fueron los primeros grupos organizados de personas que tenían un orden social, pero desaparecieron sin dejar rastro.
- **La luna relacionada con la magia:** Las fases lunares, las deidades y sus conexiones con la luna, cómo la luna carga su magia, rituales y hechizos.
- **Protección:** Siempre que realice cualquier forma de magia, es esencial que se proteja. Utilice esta sección para registrar hechizos y rituales de destierro, atadura y protección.
- **Símbolos:** Utilice esta sección para enumerar las imágenes sagradas, los sigilos y los símbolos que considere poderosos y útiles para su trabajo.

El grimorio no es su libro personal; está diseñado para ser transmitido a otros para que puedan aprender de usted y del conocimiento que ha adquirido de sus antepasados y mentores.

Capítulo 2:Crear y bendecir su grimorio

Pasemos ahora a los pasos prácticos para crear su grimorio. En primer lugar, tiene que elegir el tipo de libro que desea crear. ¿Tendrá varias versiones, o creará un registro enciclopédico de su información mágica?

Los distintos tipos de grimorio

Libros de hechizos

Es el equivalente a un libro de recetas para sus hechizos y pociones. Algunas brujas creen que este tipo de libro se guarda mejor en el corazón de la casa, la cocina. Los libros de hechizos enumeran las fórmulas de aceites y polvos que forman la base de la mayoría de las pociones. Su libro de hechizos debe incluir recetas específicas para pociones de amor, hechizos de atracción y otros tipos de magia. Debe haber espacio en cada página para tomar notas sobre el éxito de cada hechizo. Crear un grimorio personal para sus hechizos significa que puede ser más experimental con su trabajo y transferir el artículo terminado a su grimorio principal.

Grimorio en forma de diario

Esto es más como un diario y debe ser escrito cronológicamente, con cada entrada fechada y cronometrada. Algunas personas tratan sus grimorios de diario como una agenda para registrar sus pensamientos y sentimientos diarios y semanales sobre el oficio. Esta forma de grimorio es un recurso inestimable para los principiantes y las brujas nuevas que desean crear un lugar de recogida para racionalizar sus experiencias y trabajos. Si no está seguro de lo que va a incluir en su grimorio estructurado, empiece con un libro tipo diario para poder aprender de sus errores. Si su grimorio es demasiado formal, puede impedirle añadir información que puede ser relevante porque no querrá abarrotar las páginas.

Grimorio de bolsillo

Este es un elemento básico en el arsenal de una bruja moderna. La tecnología moderna significa que puede ser tan básico como un libro de bolsillo o tan técnico como una aplicación en su teléfono inteligente. La idea del grimorio de bolsillo es su accesibilidad. Utilice un cuaderno en blanco para anotar los nuevos hechizos o ingredientes que descubra o descargue un cuaderno inteligente en sus dispositivos. Son flexibles y fáciles de usar y proporcionan a las brujas que se desplazan una forma perfecta de registrar su información.

Aunque existen algunas aplicaciones de grimorios en línea, estas se basan más en el juego que en una aplicación de cuaderno estándar. Algunas también incluyen hechizos, pero están diseñados para ayudar a los personajes a progresar en el juego y son diferentes de los hechizos más tradicionales. Dicho esto, las brujas obtienen información de todas las fuentes, así que por qué no probarla y ver si se beneficia de la aplicación.

Libro de los sueños

Todos los practicantes conocen la importancia de los sueños y los mensajes que contienen, por lo que tener un grimorio de sueños junto a la cama es esencial para registrarlos. Esta es una forma más práctica de registrar las experiencias nocturnas en lugar de tener un grimorio más grande en su mesita de noche.

Grimorio religioso

Crear un documento vivo que registre sus pensamientos y sentimientos sobre la religión puede ser una experiencia muy personal. Separar sus creencias religiosas de los aspectos más prácticos de su trabajo le ayuda a contemplar las deidades y los dioses con los que trabaja. Registre sus oraciones, días festivos, rituales religiosos y otras partes específicas de su crecimiento espiritual para que pueda ser testigo de cómo cambia a través del tiempo.

El mashup

Toma los elementos esenciales de los estilos de grimorios anteriores y crea el grimorio perfecto para transmitirlo a sus descendientes. Este tipo de libro debería ser una gloriosa amalgama de los estilos anteriores y parecerse a un manuscrito muy funcional y bello de sus creencias y su oficio.

Qué hay que tener en cuenta al crear su grimorio

Una vez que decide el estilo de creación del grimorio, puede ser desalentador para un principiante. Al enfrentarse a un espacio en blanco, ¿cómo elegir qué utilizar para su libro especial? Dese un respiro y olvide el síndrome del espacio en blanco iniciando el trabajo.

El tipo de libro

¿Cómo quiere que sea su libro? ¿Sueña con un libro de gran tamaño encuadernado en cuero con tapas limpias y oscuras, o su grimorio será más creativo y representará su personalidad? Cierre los ojos y despeje la mente; ahora piense en su grimorio y en su aspecto. El diseño perfecto debe hablar a su alma e inspirarle.

A los paganos modernos les encanta compartir sus diseños y su creatividad en internet, así que consulte algunos ejemplos en la red. Etsy y Pinterest contienen cientos de ideas increíbles que puede utilizar para crear su cubierta. Hay páginas imprimibles que puede incluir e ideas de portadas de libros que se adaptan a todos los estilos.

¿Qué tamaño tendrá?

Si ha adoptado la opción de los grimorios multifuncionales, su grimorio puede ser más voluminoso y estar diseñado para quedarse en casa. Lo último que quiere es quedarse sin espacio en su libro porque siempre está aprendiendo. ¿Cuál es la función de su libro? El grimorio clásico debe organizarse, añadirse y reorganizarse a medida que cambien su estilo y sus niveles de habilidad.

¿Tiene páginas extraíbles?

En lugar de elegir un libro encuadernado tradicionalmente, considere una carpeta que le permita añadir y quitar páginas a medida que sus conocimientos aumenten. Lo que parecía relevante el año pasado puede serlo menos hoy. Si es un alumno flexible y cambia constantemente de opinión a medida que aumenta su experiencia, esta opción es la que más le conviene.

¿Qué medio debe utilizar?

El papel que elija debe adaptarse a los materiales que vaya a utilizar. Incluso puede utilizar una mezcla de tipos de papel. Si va a prensar flores y hierbas o pintar imágenes en su libro, utilice papel de acuarela. Si va a dibujar sigilos, símbolos e ilustraciones, utilice papel en blanco, mientras que el papel rayado le ayudará a organizar el texto.

¿En qué entorno guardará su Grimorio?

¿Será un libro práctico que mantendrá cerca de su lugar de trabajo? Si piensa crear sus pociones en el mismo lugar en el que guarda su grimorio, debería considerar la posibilidad de utilizar una cubierta de limpieza. No se sentirá satisfecho si derrama sus pociones sobre la cubierta de su costoso libro encuadernado en cuero.

¿Cuál es su presupuesto?

No sea demasiado ambicioso en lo que respecta a su grimorio, especialmente si es el primero. Recuerde que el concepto del libro consiste en aprender, por lo que tener un grimorio menos impresionante es mucho mejor que no tener ningún grimorio. No se deje llevar por las increíbles imágenes de los grimorios clásicos; puede que no sean prácticas para sus usos.

¿Qué otras cosas quiere incluir?

Hay inspiración por todas partes, y no debería tener miedo de utilizar fuentes menos tradicionales para decorar su libro. Las guías de viajes, las revistas clásicas y las fotografías pueden utilizarse para decorar el libro junto con métodos más tradicionales, como las acuarelas, la tinta o la caligrafía. El scrapbooking y el decoupage funcionan bien, sobre todo si no se es muy artístico. No se preocupe por ser creativo y pensar de forma diferente. Su grimorio será una extensión rica y creativa de usted mismo y puede incluir tantos medios diferentes como desee.

Cómo hacer que su grimorio sea increíble

Cuando cree un grimorio, tiene que ser una obra de arte que hable a su alma y a su psique interior.

Utilice formas alternativas de imágenes

La mayoría de los grimorios tradicionales están llenos de ilustraciones. Hay algunos ejemplos increíbles de imágenes dibujadas a mano que ilustran hechizos y rituales y adornan las instrucciones. No hay nada malo en crear sus propias ilustraciones, pero no todo el mundo tiene el talento para dibujar bien. Las fotografías pueden ser una forma rápida y colorida de dar vida a su libro.

No es necesario gastar dinero en una cámara de lujo; basta con utilizar lo que ya tiene. Imprima las fotos de su teléfono o utilice una cámara Polaroid para producir fotos prácticas de usted mismo haciendo los hechizos. Tome fotos de su altar y de los cristales o fotos de paisajes de lugares mágicos. Hay muchas maneras de incorporar fotos en su grimorio; las oportunidades son infinitas. Si no le gusta la fotografía, utilice imágenes de revistas y otras fuentes impresas para obtener el color y las imágenes que desea.

Añada espacios de almacenamiento

Cree bolsillos y sobres en su libro. Utilice bolsillos ya preparados o cree los suyos propios con papel de colores para ocultar muestras y objetos sagrados y poder encontrarlos más tarde. Adjúntelos a las páginas de su libro y llénelos con mechones de pelo, amuletos, hierbas secas, fotos de sus cosas favoritas o incluso algo de tierra sagrada. Si es importante y relevante, guárdelo en un bolsillo y consérvelo dentro de las páginas de su grimorio.

Añada elementos secos de la naturaleza

¿Qué hay más realista que una ilustración? Los elementos reales, como una planta, una flor o una hierba, que han sido secados y añadidos a sus páginas tendrán un aspecto increíble y durarán para siempre si se secan correctamente. Todo lo que necesita es un par de libros pesados, un par de hojas de papel seco y las plantas que quiera prensar. Coloque las plantas entre los papeles y apoye los libros pesados sobre ellos. Déjelos hasta tres semanas antes de sacarlos y pegarlos en su grimorio. Las ilustraciones pueden ser hermosas, pero tener la planta real le ayudará a usted y a otros a reconocerlas en la naturaleza.

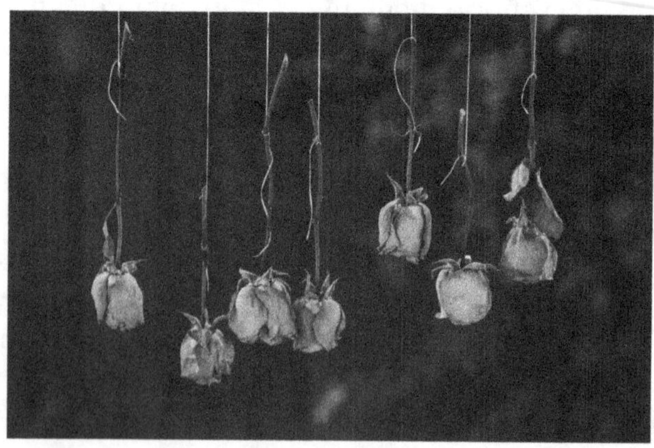

Añada páginas simplemente dedicadas a la belleza

Un grimorio es un libro de referencia para las brujas, pero ¿significa eso que tiene que estar repleto de información y no contener páginas y objetos que solo estén ahí por placer? Por supuesto que no. Parte de la celebración del camino pagano y de convertirse en una bruja de éxito consiste en apreciar lo que el mundo contiene.

¿Cómo puede maravillarse ante la magnificencia de la naturaleza, las deidades que la gobiernan y las innumerables maravillas del mundo sin imágenes y referencias a ellas? Estos portales artísticos le ayudarán a desaparecer de la realidad y a deleitarse con los momentos de profunda percepción y conexión espiritual. Utilice imágenes de belleza para realzar su libro y crear una obra maestra de belleza natural.

Haga que sus páginas parezcan más antiguas

¿Su grimorio parece demasiado brillante y nuevo? Si quiere que su libro tenga un aspecto envejecido y desgastado, el uso de algunos ingredientes en los estantes de su cocina le ayudará a conseguirlo.

- **Utilice té o café para oscurecer las páginas –** Tome una botella de spray y llénela con té para una mancha ligera o café para un tono más oscuro y rocíe su papel con el líquido. Cree arrugas y desgarros con los dedos mientras el papel está todavía húmedo. Deje que las hojas se sequen de forma natural o acelere el proceso con un secador de pelo.

- **Tiña y hornee su papel para conseguir un color más intenso –** Utilice té y café para crear su base líquida y coloque sus hojas en una bandeja para hornear. Vierta una parte del líquido sobre el papel y utilice posos de café u hojas de té para crear manchas más oscuras. Utilice una esponja para eliminar el exceso de líquido y luego modifique sus hojas con cualquier otro daño que desee. Cree pequeños desgarros o agujeros o simplemente arrugue ligeramente. Introduzca la bandeja en un horno precalentado en el estante central durante unos cinco minutos. Una vez que el papel tenga el efecto que desee, retírelo y déjelo enfriar.
- **Utilice el calor para envejecer el papel –** Tome un encendedor o una vela y colóquelo debajo del papel. Pase la llama por el borde de su hoja para crear un borde irregular que parezca que ha estado ahí desde siempre. Queme pequeños puntos para envejecer más su papel.
- **Entiérrelo en la tierra –** Tome su hoja de papel y envuélvala alrededor de una pelota de tenis. Ahora entierre la pelota cubierta de papel en su jardín durante unos cinco días (o más si quiere envejecerla más) antes de desenterrarla y cepillar la tierra del papel.

Limpiar, bendecir y cargar el grimorio

Su grimorio es una de las herramientas más importantes que utilizará, y necesita mantenerlo a salvo, libre de negatividad y cargado de energía positiva. Cuanto más cuidado y amor muestre a sus herramientas, mejor será su rendimiento.

Limpieza con humo

El humo es una forma maravillosa de limpiar sus objetos sagrados. El humo se asegurará de que cualquier fuerza negativa se vea obligada a salir. Queme hojas de salvia para crear un humo purificador y pase su grimorio por el humo para desterrar el mal y limpiar su libro. El bálsamo de limón, el romero y otras hierbas frescas pueden crear un humo más aromático, pero asegúrese de realizar la limpieza con humo en una zona bien ventilada para evitar la inhalación de humo.

Utilice una oración o un canto para limpiar su libro y dedíquelo a su deidad favorita mientras realiza la limpieza. Para empezar, despeje su mente y sostenga el libro en sus manos mientras lo hace pasar por el humo y diga: "Bendigo este grimorio con el poder de (inserte su deidad o dios favorito), y pido que mis ancestros, mis seres superiores y el corazón del universo se unan a mí en este proceso". Mientras retira el libro, diga: "Bendigo este libro y lo dedico al bien supremo. Que sus páginas se llenen del conocimiento y la sabiduría del universo y del bien superior".

Cargue su grimorio

Una vez que su libro ha sido limpiado, necesita ser cargado. Si su cubierta es delicada y puede desvanecerse con la luz del sol, utilice la luz de la luna para cargarlo. Si su cubierta es más duradera, coloque el libro a la cálida luz del sol y apele a los dioses y diosas de los poderes solares para que carguen su libro con su poder.

Proteja su libro

Utilice símbolos de protección como runas o sigilos que sean importantes para usted. Coloque los símbolos tradicionales de protección en la portada; pueden ser los siguientes:

- **El ankh:** Un antiguo símbolo egipcio que representa el sol que se eleva en perfecto equilibrio de las energías masculina y femenina. Este símbolo, que se cree que simboliza la clave de la vida, es perfecto para alejar las energías malignas.

- **El nudo escudo celta:** Este nudo decorativo representa los cuatro elementos y proporciona protección utilizando el poder del universo.
- **El ojo de Horus:** Una representación del dios egipcio Horus, este poderoso símbolo se utiliza para desterrar el mal y proteger el libro de maldiciones y hechizos negativos.
- **El dios de los cuernos:** Símbolo de la fertilidad y del ciclo vital representado con un círculo coronado por una luna creciente. Es especialmente fuerte en julio, cuando tiene lugar la bendición del dios de los cuernos.
- **El pentáculo:** Es probablemente el símbolo más reconocido de la wicca y la brujería. Las cinco estrellas representan los cuatro elementos combinados con el ser o espíritu divino. Es la forma de protección por excelencia y cubre todas las bases de la protección.

Bendiga su grimorio

Quizás la parte más importante de cualquier ritual de brujería es la bendición del grimorio. Escriba una bendición que signifique algo para usted y que incorpore las cosas que aprecia. Incluya emociones, una llamada a sus deidades y el amor y la consideración que siente por su oficio. Suplique a la Madre Tierra que vele por usted y por su obra y que mantenga su libro a salvo de miradas indiscretas y fuerzas destructivas.

Su oración de bendición debe ser edificante y estar llena de amor. Debe salir de su alma y reflejar sus pensamientos y sentimientos más profundos. Escríbala con calma y, a continuación, bendiga el libro con velas blancas e incienso. Cree una hermosa página ilustrada con las palabras de su bendición escritas a mano y colóquela en su grimorio.

Ahora tiene su libro(s), y sus intenciones son claras. Está protegido, cargado y bendecido, y tiene la protección que necesita para comenzar su viaje espiritual.

Capítulo 3: Elementos y correspondencias

Los elementos en brujería no son los mismos que los elementos químicos. En la escuela, aprendemos que la tabla periódica y sus elementos están presentes en nuestro entorno, pero en brujería, los elementos son muchos más.

Las personas que no estudian o practican la magia dan por sentado estos elementos y prestan poca atención a cómo afectan a su vida. Las brujas y los paganos entienden que los elementos y sus correspondencias son la base de todas las cosas, y afectan a todos los aspectos de nuestras vidas y personalidades. Las brujas aprenden a sintonizar con los elementos y a utilizarlos para mejorar su trabajo y hacer más fuertes sus poderes.

Estas asociaciones elementales y sus correspondencias son una parte importante de su conocimiento. Es esencial que usted dedique una página de su grimorio en la que se explique cada elemento y se enumeren las correspondencias; téngalas a mano para consultarlas.

Los cinco elementos incluyen los cuatro elementos tradicionales y las distintas cualidades asociadas a ellos:

- **Fuego:** Energía masculina, movimiento, actividad, amor, pasión, coraje, riesgo, valentía, impaciencia.

- **Agua:** Energía femenina, amor romántico, emociones, empatía, creatividad, arte, conectividad, secretismo.
- **Aire:** Energía masculina, inteligencia, comunicación, inquisición, espíritu elevado, entusiasmo.
- **Tierra:** Energía femenina, con los pies en la tierra, racional, estable, fiable, ama de casa, ética del trabajo

El quinto elemento es el yo o espíritu. Este es quizás el elemento más esencial, ya que resuena desde usted. Su espíritu, sus emociones y su fuerza crean la energía que une a todos los elementos y los hace funcionar juntos. El medio facilitador de la energía se origina en usted y en su conexión interior con el universo. Usted es el creador de la sopa de energía que mezcla los elementos y los convierte en una mezcla nutritiva de energías que alimentan su psique.

Las propiedades y correspondencias de cada elemento son una guía para ayudarle a descubrir lo que mejor le funciona. Solo cuando trabaja con los diferentes elementos puede descubrir lo que significan para usted. Por eso es importante registrar sus éxitos y fracasos, y utilizar su grimorio para documentar su trabajo significa que siempre está aprendiendo.

Los cinco elementos y sus correspondencias

1. Fuego

¿Está listo para encender su magia en el fuego? Este elemento es fundamental para su arsenal, desde la llama más pequeña hasta la poderosa hoguera. El fuego y sus propiedades significan cosas diferentes para cada persona. Cuando utiliza el fuego en su trabajo, puede ser purificador y cargarlo emocionalmente o traer pasión y éxito a su vida.

- **Punto de la brújula:** Sur.
- **Fuentes:** Velas, fuego de leña, hogueras, estufas, sol, electricidad, volcanes, terremotos, fuegos artificiales, química.
- **Partes del cuerpo afectadas:** Zonas genitales, sistema inmunitario, metabolismo.
- **Signos del zodiaco:** Aries, Leo, Sagitario.
- **Planetas:** Marte, Sol, Plutón.
- **Propiedades mágicas:** El fuego se utiliza para crear nuevos ambientes, embellecer el rango emocional, transformar vidas, purificar atmósferas, atraer nuevas parejas, tener mejor sexo, crear fuertes fuerzas energéticas, destruir el mal y alejar el daño.
- **Animales de fuego y criaturas mágicas:** Hormigas, escorpiones, salamandra, sabuesos del infierno, tritón de fuego, fénix, araña del infierno, murciélago de fuego, abejas, grillos, zorro, león.
- **Colores:** Escarlata, rojo, naranja, amarillo, morado, blanco, dorado, azul.
- **Herramientas:** Athames, cuchillos, dagas, fuegos de madera, estufas, velas e incienso.
- **Plantas, flores y hierbas:** Canela, chile, pimienta, jengibre, caléndula, dragón, sangre de dragón, artemisa, ortiga, acebo, cedro, angélica, albahaca, cincoenrama.
- **Cristales:** Piedra de sangre, jaspe rojo, ópalo de fuego, rubíes.

¿Cómo reacciona el fuego con otros elementos?

El aire hace que el fuego sea más fuerte; alimenta la chispa más pequeña y la convierte en una fuerza más poderosa. El agua funciona de dos maneras: puede ser calentada por el fuego para crear vapor y agua caliente, que son fuerzas poderosas, o puede apagar el fuego y anular el poder de la llama. La tierra necesita el calor de las llamas del sol y su calor para prosperar, pero las llamas también pueden destruirla. La tierra quemada también proporciona un nuevo comienzo para algunos e indica nuevos comienzos.

Temas de la magia del fuego

- Atraer a la pareja y mejorar la pasión.
- Aumentar la confianza y fomentar el éxito.
- Impulsar la fuerza de carácter y la fuerza física.
- Desarrollar un mayor nivel de compasión y empatía.
- Desterrar pensamientos y emociones negativas.
- Protección contra la negatividad y el mal.
- Aportar luz a la situación y fomentar que las cosas salgan de las sombras.
- Fortalecer las relaciones.
- Aumentar la energía personal.
- Crear nuevas oportunidades.
- Poner en marcha nuevos proyectos.

Tipos de hechizos

- Magia con velas.
- Hechizos de destierro.
- Quemar viejas asociaciones para liberar la energía negativa.
- Cristaloscopia utilizando llamas y fuego.
- Rituales de limpieza con llamas y calor.
- Creación de captadores de sol reflectantes.
- Ofrendas a los dioses y deidades mediante la quema ritual.
- Fiestas del fuego.
- Decoración de los rincones.
- Rituales de hogueras.
- Magia de las tormentas, potenciando el poder de los rayos y las tormentas.
- Energías solares para cargar herramientas y hechizos.
- Magia de cocina, hornear, cocinar, pociones, tés y brebajes.

El fuego es un elemento poderoso, y usted es el activador, así que sea cauteloso y recuerde lo rápido que las cosas pueden salirse de control.

2. Agua

Desde la más pequeña gota de líquido hasta los poderosos océanos, el agua es la fuente de vida de nuestro planeta y más allá. Para algunos, es el elemento de limpieza y purificación por excelencia. Para otros, puede significar destrucción y emociones. El agua puede asociarse a los sueños y a las profecías, pero sus propiedades tendrán un significado diferente para cada persona. Utilice la siguiente guía para entender cómo utilizar el poder del agua.

- **Punto de la brújula:** Oeste.
- **Fuentes:** Lluvias, tormentas, mareas, condensación, rocío, ríos, océanos, estanques, cascadas.
- **Signos del zodiaco:** Piscis, Cáncer, Escorpio.
- **Planetas:** Luna, Júpiter, Saturno, Urano, Neptuno.
- **Propiedades mágicas:** Aliviar el malestar emocional, mejorar los sueños, renacimiento, recreación, calmar las relaciones, conectar con el mundo espiritual, amistad.
- **Animales acuáticos y criaturas mágicas:** Aves marinas, gaviotas, garzas, ballenas, delfines, langostas, crustáceos, anfibios, sirenas, kelpie, serpientes marinas, ondina.
- **Colores:** Azul, turquesa, plata, blanco, azur, cerceta.

- **Herramientas:** Herramientas de adivinación, cuenco, espejos, cáliz.
- **Plantas, flores y hierbas:** Pepino, loto, menta verde, sandía, aloe vera, algas, albahaca, cilantro, jazmín, artemisa, melisa, tulipán, hierba gatera, belladona.
- **Cristales:** Sodalita, calcedonia, piedra de luna, perla, lapislázuli.

Temas de la magia del agua

- Salud general, especialmente la vista y la belleza.
- Conexiones creativas y espirituales.
- Mejora de las relaciones de pareja.
- Transformaciones.
- Crear equilibrio y armonía.
- Aportar paz y satisfacción.
- Auto-reflexión.
- Crear nuevos objetivos y manifestarlos.
- Protección y energía positiva.
- Poder, éxito y salud.
- Promover la abundancia y la prosperidad.

Tipos de hechizos

- Hechizos de baño.
- Baños rituales y remojos.
- Dispersar la negatividad usando agua que fluye.
- Agua bendita para la limpieza.
- Magia de tormenta usando el poder del tsunami, el granizo, la nieve y la lluvia torrencial.
- Lanzar mensajes en una botella al océano.
- Crear pociones y tés mágicos.
- Crear aguas mágicas para su altar.
- Agua lunar.
- Rituales de purificación.

3. Aire

Desde la más leve ráfaga de viento hasta la fuerza de una furiosa tormenta, el aire es un elemento increíblemente poderoso para mantener la vida. Sin el aire, nos asfixiaríamos. En términos mágicos, también significa dar aliento a su trabajo y permitirle crecer. El aire puede representar comunicación o actividades para algunos, y emociones y abundancia para otros. Los siguientes puntos son una guía, y cuando trabaje con el aire, pronto descubrirá cómo utilizarlo.

- **Punto de la brújula:** Este.
- **Fuentes:** Viento, nubes, huracanes, aliento humano, sonidos musicales, palabra hablada, brisa marina, tornados.
- **Signos del zodiaco:** Géminis, Libra, Acuario.
- **Planetas:** Júpiter, Mercurio, Luna.
- **Propiedades mágicas:** Comunicación, expansión de la mente, viajes, creatividad, éxito en los negocios, movimiento, salud física, habilidades de escritura, salud mental, purificación, habilidades musicales.
- **Animales acuáticos y criaturas mágicas:** Pájaros, insectos, peces voladores, ardillas, murciélagos, polillas, mariposas, ninfas, sílfides, hadas, duendes, pegasos, dragones.

- Colores: Blanco, amarillo, plata, azul, gris.
- **Herramientas:** Instrumentos, campanas, velas, incienso, campanillas, conchas marinas, burbujas, plumas.
- **Plantas, flores y hierbas:** Musgo español, álamo, abedul, diente de león, hinojo, acacia, almendra, helecho, nueces de Brasil, achicoria, cítricos, lima, menta, muérdago.
- **Cristales:** Aventurina, citrina, diamante, piedra de luna, topacio, circón.

Temas de la magia del aire

- Imaginación.
- Liderazgo visionario.
- Destrucción y reconstrucción.
- Cruce y evasión de obstáculos.
- Purificación.
- Salud y felicidad.
- Viajes exitosos.
- Negocios.
- Mejora de la comunicación.
- Aprendizaje.
- Expandir la mente y comunicarse con los espíritus.

Tipos de hechizos

- Utilizar burbujas para enviar mensajes divinos.
- Quemar incienso para conectar con los cielos y los dioses.
- Expresar sus intenciones en un papel y subir a la cima de un acantilado. Deje que el viento se lleve el papel y lo envíe a los cielos.
- Encender velas y pedir un deseo al apagarlas.
- Limpiar su casa y su altar con una limpia.
- Utilizar el poder del clima tormentoso para alimentar su trabajo.

- Trabajar con criaturas mágicas como las hadas para que sus deseos sean más fuertes.
- Trabajar en los santuarios de aves locales para formar una alianza con nuestros amigos emplumados.
- Escribir poesía y música que represente sus creaciones.
- Utilizar el poder de la palabra hablada para cantar y entonar sus intenciones al universo.
- Utilizar la magia de las plumas.

4. Tierra

Los elementos más tangibles, la tierra en la que cultivamos nuestros alimentos y el suelo sobre el que construimos nuestras casas, se basan en el elemento tierra. El planeta en el que vivimos representa a la perfección la fuerza de este sencillo pero poderoso elemento.

Dependiendo de la persona, este elemento aporta crecimiento y arraigo a algunos, mientras que para otros representa un lugar de descanso final y el fin de ciertas creencias. Para ellos, la tierra es una parte fundamental del crecimiento y el renacimiento. Las características que se indican a continuación son subjetivas y pretenden ser una guía para ayudarte a sacar el máximo partido a su trabajo.

- **Punto de la brújula:** Norte.
- **Fuentes:** Suelo, tierra, cenizas, campos, plantas, hongos, líquenes, cuevas, parques, árboles, viveros, cocina.
- Signos del zodiaco: Capricornio, Tauro, Virgo.
- **Planetas:** Tierra, Sol, Luna.
- **Propiedades mágicas:** Crecimiento individual, feminidad, renacimiento, estabilidad, humanidad, confianza, éxito financiero, mantenimiento de la vida, maternidad y niños.
- **Animales acuáticos y criaturas mágicas:** Perros, gatos, gusanos, jerbos, topos, ardillas, ratas, ratas de agua, caballos, vacas, ovejas, cerdos, gnomos, enanos, trolls, gigantes, cíclopes, dríades.
- **Colores:** Marrón, gris, azul, negro, cobre, ámbar, verde.
- **Herramientas:** Cuencos, sal, tierra bendita, arcilla, piedras, raíces.
- **Plantas, flores y hierbas:** Roble, pachulí, patatas, maíz, musgo, vetiver, jengibre, romero, cúrcuma, melisa, raíz de jengibre.
- **Cristales:** Ojo de tigre, cuarzo ahumado, jaspe dálmata, obsidiana negra.

Temas de la magia del aire

- Crecimiento de la personalidad.
- Descubrir el niño interior.
- Ser mejores padres.
- Salud.
- Lidiar con la vejez.
- Aceptar la muerte y el duelo.
- Pasar a mejor vida.
- Estar más en sintonía con el medio ambiente.
- Cuestiones ecológicas.

Tipos de hechizos

- Cultivar un jardín mágico con hierbas e ingredientes sagrados.
- Crear infusiones y tés para la salud y el amor.
- Enterrar hechizos para madurar su fuerza.
- Utilizar tierra y arena en sus trabajos.
- Utilizar la sal para limpiar su zona y su hogar.
- Ofrecer creaciones de hierbas a las deidades.
- Cultivar plantas e infundirlas con sus intenciones.
- Trabajar con las hadas y los seres pequeños.
- Magia con árboles.
- Crear coronas con ramas y hojas.

5. Elementos del yo, del espíritu y del éter

Este elemento es la energía celestial que llena todos los espacios vacíos. Los antiguos griegos creían que este elemento creaba un plano por encima del mundo terrenal, y lo llamaban el éter. Creían que su poder se transfería a la Tierra desde arriba y creaba la gravedad.

Las creencias más modernas llevan el concepto del espíritu mucho más lejos. Mientras que los cuatro elementos tradicionales se rigen por reglas y siguen un determinado patrón de energía, el elemento del espíritu tiene un movimiento más circular y se niega a ajustarse a las reglas. En cambio, actúa como el pegamento de los dioses y une los elementos físicos creando una panacea que mantiene el mundo girando.

El éter es más difícil de definir y utilizar porque no tiene forma física y no se rige por las reglas tradicionales. Tiene el poder de la transmutación, la alquimia, la energía divina, el movimiento eterno, la naturaleza y la velocidad. Es un puente entre el cielo y la tierra y la conexión entre nuestro corazón y nuestra alma. Todos los seres vivos tienen una conexión entre sí, y las brujas y los trabajadores de la luz creen que el elemento del espíritu es ese "algo" que todos sentimos, esa atracción que tenemos hacia los seres que existen tanto en nuestra existencia como más allá de ella.

Hay varias correspondencias asociadas con el elemento del espíritu. El blanco y el negro representan la aplicación más práctica de la verdad, mientras que los colores del arco iris se utilizan para tipificar la creación más maravillosa de la naturaleza.

Este elemento se utiliza para ordenar las fuerzas espirituales y su ayuda en el trabajo de hechizos y conexiones con el universo es significativa. Los practicantes más esotéricos utilizarán su poder para ayudar en los hechizos relacionados con el misticismo, las ilusiones, la telequinesis y otros tipos de magia metafísica.

Los cristales asociados con el espíritu son el aura del ángel, el cuarzo, las piedras shiva lingam y los meteoritos.

Sus animales y símbolos asociados son las arañas, los camaleones, los árboles celtas, los nudos celtas, la espiral y el círculo.

Cómo conectarse más con los elementos

Al trabajar con los elementos, sentirá una conexión con ellos que trasciende la realidad física. Intente incorporarlos a su vida. Utilice los colores que corresponden a su elemento preferido y decore su casa con materiales naturales. Utilice madera y corcho en lugar de plástico o materiales manufacturados. Use fibras naturales y lana en lugar de telas manufacturadas.

Coloque objetos elementales en su lugar de trabajo o en su altar.

- **Agua:** Velas azules, un vaso de hielo, conchas marinas.
- **Fuego:** Velas rojas, tela escarlata, cenizas, cerillas.

- **Tierra:** Plantas, piedra, rama, un vaso de tierra, suelo, barro.
- **Aire:** Una pluma, un abanico, un incienso, velas, un globo.
- **Espíritu:** Una vela morada, una bola de cristal, una cuerda natural, cáñamo.

Visite lugares naturales de gran belleza para conectar con los elementos. Vaya a espacios increíbles con masas de agua naturales. Camine por una playa y deje que sus pies se hundan en la arena. Camine por el bosque y recoja hojas y bayas para llevárselas a casa. Abrácese a un árbol y sienta la conexión que tiene.

Medite mientras se da un baño para sentirse más cerca del agua. Pida que el calor del agua caliente su alma y limpie su mente. Vaya a caminar bajo la lluvia para lograr una conexión más elemental y sentir las gotas de lluvia corriendo por su cara. Vaya al exterior cuando haya una gran tormenta para conectarse con los cuatro elementos a la vez. Manténgase a salvo, pero sienta la fuerza de la tormenta desde una zona protegida.

Conéctese con el aire abriendo las ventanas y sintiendo cómo la brisa limpia su entorno. Siempre que pueda, deje que el aire fresco le rodee a usted y a su espacio. El aire aporta energía y aleja la negatividad. Cuando sienta que su espíritu se eleva, apele a los dioses y deidades para que le ayuden a conectar con el quinto elemento del espíritu. Sienta las conexiones que se forman al abrazar la naturaleza, los espíritus y el universo.

Cuando se esfuerza por abrazar los elementos, está dominando el arte de vivir bien. Si le preocupa el rumbo, su brujería apela a los elementos para que le muestren símbolos y señales sobre lo que debe hacer a continuación. Recuerde que cada ser en la tierra y en el éter es parte de un gran equipo. Una vez que usted abrace esa positividad, se sentirá parte de la imagen más grande. Prepárese para abrazar sus mensajes y utilice su grimorio para registrar las experiencias que siente. Viva conscientemente y haga que los elementos trabajen para usted para darle el mando sobre su vida y la fuerza para realizar los rituales y hechizos más asombrosos.

Capítulo 4: Lo esencial de la wicca

Ahora es el momento de hacer que su grimorio esté más orientado a la wicca. Incorporar la esencia wicca le ayudará a practicar la magia de forma responsable y segura. Aunque las creencias y prácticas de la magia pagana se remontan a siglos atrás, el movimiento wicca se hizo más popular gracias al funcionario británico retirado Gerald Gardner. La derogación de las Leyes de Brujería en Inglaterra en 1951 supuso un resurgimiento del estudio de lo oculto y de la magia relacionada con la naturaleza y otros dioses y diosas paganos. Publicó el libro *Witchcraft Today* (La brujería hoy) en 1954 y formó un aquelarre popular, lo que rápidamente provocó el aumento del interés por la wicca moderna. La práctica no tardó en popularizarse en los Estados Unidos en la década de 1960, donde el énfasis en estilos de vida poco convencionales y el alejamiento de las religiones tradicionales estaban muy en boga.

En la actualidad, los wiccanos practicantes viven según la regla de la red, "siempre que se practique, procura no hacer daño", aunque existen versiones más extensas. Anotar su interpretación de la rede wiccana al frente de su grimorio es una forma perfecta de recordar por qué hace lo que hace. Algunos wiccanos creen en la "regla de tres", que sugiere que el bien que hace y la positividad que envía al mundo le serán devueltos por partida triple.

Uno de los puntos principales que hay que recordar es que se puede practicar la magia pagana sin ser un wiccano. ¿Quiere definir sus prácticas, o es feliz trabajando bajo el paraguas general de los practicantes de la magia pagana o la brujería? Si se siente atraído por la magia y en general quiere vivir una vida más mágica y comprender las maravillas del mundo natural, se siente atraído por el paganismo/la brujería/magia. ¿Es usted una bruja? Puede ser. Hay muchos tipos, así que podría encajar en una categoría clasificada como bruja.

Sea cual sea su vocación, los caminos de la wicca son fascinantes y abarcan las creencias de la mayoría de los paganos. Los símbolos y elementos representan la importancia de las estaciones y los ciclos del año. No importa dónde viva o cómo se sienta con respecto a la religión, las estaciones y las fiestas del año le afectarán.

La rueda del año wiccana

La rueda del año representa las ocho fiestas paganas y su importancia en las creencias wiccanas. La rueda es un registro bellamente decorado de las fiestas paganas que tienen sus raíces en el paganismo celta y germánico, que dictan qué rituales y celebraciones se observan.

Las ocho fiestas paganas explicadas

1. Yule, el solsticio de invierno, del 20 al 23 de diciembre.

El solsticio de invierno se celebra durante los últimos días del año y es cuando los paganos se preparan para los próximos meses de invierno. Es el momento de recordar que, aunque se acerquen los meses fríos, todavía puede haber calor y calidez en su vida. Las casas se decoran con troncos de Yule y muérdago para ahuyentar el mal y mantener el hogar a salvo. Los árboles de los jardines también se decoran con alimentos que prosperan en el frío como un recordatorio de que siempre habrá abundancia de alimentos incluso durante un tiempo sombrío.

2. Imbolc, la promesa de la primavera, 2 de febrero.

Traducida del gaélico, la palabra Imbolc significa "del vientre" y representa la época del año en que las ovejas empiezan a producir leche, lo que significa embarazo. Es un momento de esperanza y de mirar hacia adelante, y marca el punto medio entre el equinoccio de invierno y el de primavera. Se celebran ritos y rituales de fertilidad y se incluye a la diosa pagana Brigid en las celebraciones. Las velas y las hogueras representan la chispa divina de Imbolc y el hecho de que la naturaleza se despierta y comienza a florecer.

3. Ostara, el equinoccio de primavera, del 19 al 22 de marzo.

La primavera está aquí y ha llegado el momento de las celebraciones. Adorne su altar con colores brillantes y primaverales y con símbolos de renacimiento. Las flores frescas y las velas deberían anunciar esta época de energía y renacimiento, y la diosa Eostre es una deidad importante asociada tanto a la Pascua como a Ostara. Plante nuevos bulbos y pase tiempo en su jardín celebrando el fin del invierno y el nacimiento de la primavera.

4. Beltane, la fiesta del fuego, 1 de mayo.

También conocida como la celebración del primero de mayo, la época de Beltane suele incluir la construcción de hogueras y el baile alrededor del palo de mayo. Beltane es el comienzo del verano pastoral y una época en la que se celebra la ganadería. Es el punto medio entre el equinoccio de primavera y el de verano. Los niños lo celebran recogiendo flores y practicando la danza tradicional. Algunos wiccanos pasan la noche de Beltane durmiendo en el bosque y, por la mañana, se bañan en arroyos y manantiales. Las deidades femeninas se celebran con ofrendas de flores y vino, y la comunidad se reúne para preparar el verano.

Beltane es el momento perfecto para las ceremonias de unión de manos y el salto de la escoba. La unión de manos es un ritual wiccano que une a dos personas y celebra su amor mutuo y por la naturaleza. Estas fiestas paganas son una forma alternativa de matrimonio para los wiccanos, y los invitados deben recibir regalos y favores cuando asisten.

5. Litha, solsticio de verano, del 19 al 23 de junio.

El solsticio de verano es el momento del día más largo y la noche más corta. Esta festividad tiene que ver con la abundancia y el crecimiento, y a los paganos les encanta celebrarlo con hogueras, comida abundante y bebida. En este día, muchos wiccanos celebran al Rey del Roble y su fertilidad. También dan gracias a la diosa Epona, protectora de los caballos y las mulas. Se puede adornar el altar con objetos relacionados con el sol, como la madreselva, el ámbar, las velas de oro y la hierba de San Juan. Realice hechizos para el amor y la pasión en este sabbat y celebre la fertilidad y la natalidad.

Junte hierbas y frutas frescas de su jardín y compártalas con sus amigos. Utilice la artemisa para crear una almohada de sueños e invite a los dioses y diosas del sueño a visitarle y a llenar sus sueños de magia e intenciones.

6. Lughnasadh, la primera cosecha, 1 de agosto.

La última parte del verano suele significar la cosecha y el almacenamiento de alimentos y granos en preparación para el largo invierno que se avecina. Es una época de abundancia, prosperidad y agradecimiento por las bondades de la tierra. Celebre con muñecos de maíz y girasoles, y decore su altar con caléndulas y bayas con velas amarillas y verdes.

Cocine pan y cree un festín para que sus amigos disfruten mientras se reúnen para honrar las energías naturales. Utilice hechizos para generar abundancia para los demás y traerles suerte y prosperidad. Lughnasadh es el momento de compartir y ser generoso con las personas que quiere. Asegúrese de que todos sean bendecidos y felices, y su positividad será devuelta por partida triple.

7. Mabon, equinoccio de otoño, del 21 al 24 de septiembre.

Este es el momento perfecto para disfrutar de los últimos rayos del verano durante el día y disfrutar de las noches más frescas con un toque de frescura en el aire. Adorne su altar con colores otoñales como el dorado y el rojizo, y coloque conos de abeto y calabazas entre sus ofrendas verdes y doradas.

Es el momento de celebrar el proceso de envejecimiento y reconocer la sabiduría de los familiares y amigos mayores. Esté disponible para visitar a los abuelos o sea voluntario en una residencia asistida para reconocer la importancia de los ancianos en nuestra sociedad. Celébrelo con comidas y bebidas abundantes. El hidromiel y la tarta de calabaza son el menú perfecto para compartir con sus amigos para celebrar este sabbat dorado.

8. Samhain, el año nuevo de las brujas, del 31 de octubre al 1 de noviembre.

Quizás el sabbat más celebrado del calendario, mientras que Halloween ha sido adoptado por los medios de comunicación y convertido en un evento comercial, las celebraciones wiccanas son más tradicionales y sagradas. Es la fiesta de los muertos y es el momento perfecto para estar en comunión con los seres queridos que han fallecido y celebrar el final del verano con los amigos. Tome vino caliente e invite a su familia a unirse a usted mientras se prepara para el final de la temporada de cultivo.

Si ha perdido a un ser querido durante el año, es el momento de llorar y asumir su muerte. Celebre reuniones con las personas que han perdido a sus seres queridos, celebre sus vidas y comparta historias mientras come y bebe. Utilice su altar para bendecir sus pertenencias y llévelos en su corazón. Samhain no es un momento espeluznantemente morboso, sino todo lo contrario. Es un momento para apreciar la vida y celebrar la oportunidad de renacer.

Los sabbats wiccanos están abiertos a la interpretación, y no hay reglas fijas que seguir. Asegúrese de investigar sobre las variantes celtas, germánicas, nórdicas y otras sobre cómo se celebra y qué rituales realizar. Cree sus propias formas de celebrar y compártalas en su grimorio. Tome fotos de las celebraciones y decore las páginas con imágenes alegres.

Herramientas e implementos wiccanos

Cuando empiece a practicar la brujería, puede ser tentador comprar una amplia gama de herramientas y accesorios al principio, pero no es necesario. Comience con implementos de cocina y luego decida qué incluir en su kit de herramientas mágicas. No gaste mucho dinero en herramientas hasta que sepa lo que necesita y quiere.

Cada artículo tiene un propósito, pero no los necesita todos. Elija los artículos que le hablen y atraigan el trabajo que desea realizar.

1. Altar

Hemos hablado mucho sobre los altares en general y su papel en la brujería. Entrando en más detalles, los detalles del altar difieren de una bruja a otra. Algunas prefieren una superficie portátil hecha de materiales naturales como la madera o la piedra, mientras que otras prefieren altares fijos hechos de materiales más resistentes. Los altares pueden ser tan sencillos como un maletín, un cajón de la habitación o una caja de cartón. El objetivo principal del altar es crear un punto de atención para usted y hacerlo especial. Puede utilizar telas y pañuelos para crear una superficie colorida y utilizar su altar para mantener sus objetos sagrados a salvo.

Siga estos pasos para elegir el altar que más le convenga:

- ¿Qué es importante para usted? ¿Se centra en deidades y símbolos, o es más fluido? ¿Qué tamaño debe tener?
- ¿Dónde va a estar? ¿Es un altar permanente, y si lo es, dónde residirá? Elija su ritmo favorito y erija su altar en un lugar de alegría donde no interfiera con la vida de las demás personas con las que convive.
- ¿En qué dirección debe mirar? Los elementos y sus puntos cardinales deberían dictar la dirección a la que debe orientarse. Considere un altar que pueda girarse fácilmente para corresponder al elemento con el que está trabajando.
- ¿Qué decoraciones va a colocar en él? Por regla general, las representaciones de los cuatro elementos son esenciales, y la sal y el agua protectoras son necesarias. Las velas representan el aire y son una herramienta poderosa en la magia. Añadir los símbolos de las deidades y del universo resulta decorativo y poderoso.
- Cree un espacio de trabajo. No llene demasiado su altar y cree un caos. Debe usarlo como un espacio de trabajo, y dejar espacio libre en su altar significa que siempre está listo para el trabajo mágico. Llenar su altar con artículos puede crear una extraña mezcla de energías y dejarlo sintiéndose sofocado.
- Entreténgase. Los altares de brujas están ahí para mejorar su oficio, y deben reflejar eso. No tenga miedo de mezclar un poco; diviértase y sea creativo con su altar.

2. Campanas

Tradicionalmente, las brujas utilizaban campanas y otras herramientas auditivas para alejar a los espíritus malignos y desterrar la energía negativa. Las herramientas que crean ruido o vibraciones deben usarse de la misma manera. Las campanas, los sonajeros y los cuencos cantores aportan una sensación simbólica de paz y se utilizan para alejar espíritus y energías no deseadas.

3. Cuchillas

Las cuchillas son una herramienta clave. Vienen en muchas formas y se pueden utilizar para lanzar círculos y otros gestos simbólicos para disociar cosas. Elija entre el athame, el boline, las espadas o las dagas tradicionales para ayudarle a hacer un corte metafórico cuando trabaje. En brujería, las hojas permanecen sin filo y nunca se afilan por razones de seguridad, ya que no se utilizan para cortar realmente. Si quiere picar hierbas o cortar flores, utilice cuchillas normales y afiladas de la cocina.

4. Escoba

Las escobas de bruja han formado parte durante mucho tiempo de la imagen tradicional de las brujas. En los rituales wiccanos y paganos, se utilizan para limpiar y purificar una zona antes de los hechizos. Suelen estar hechas de ramitas de abedul y pueden ser tan pequeñas o grandes como se desee. Se utilizan para barrer zonas en el sentido de las agujas del reloj para crear un espacio purificado para que pueda trabajar, y recuerde mantenerlo separado de sus herramientas de limpieza estándar. Cuando no esté utilizando la escoba, cuélguela sobre una puerta o ventana para alejar las energías negativas de la casa.

5. Velas

Estas útiles herramientas se utilizan para múltiples propósitos en la brujería, por lo que debe tener un stock de ellas en muchos colores. Las velas de té, las velas de altar o las simples velas domésticas se utilizan en hechizos y rituales. Hay algunas velas fabulosas y decoradas disponibles en tiendas especializadas para las brujas que quieren mejorar su trabajo.

6. Caldero

Cuando se imagina un caldero, probablemente sea enorme, suspendido sobre una pila de troncos ardiendo y lleno de una poción burbujeante. En realidad, cualquier recipiente de hierro fundido de tres patas funcionará igual de bien. Toda bruja necesita un recipiente para escudriñar, hacer pociones y quemar hierbas, así que elija uno que se ajuste a sus necesidades.

7. Cáliz

Un cáliz sagrado se utiliza en los rituales para compartir agua o vino. Elija el estilo que más le guste y guárdelo en su altar cuando no lo utilice.

8. Herramientas de adivinación

Si quiere trabajar con la adivinación, existen numerosas herramientas. Las cartas del tarot, los espejos de adivinación, las bolas de cristal y los péndulos se utilizan para recibir mensajes e información del universo. Si colabora con los guías espirituales y los ángeles, puede utilizarlos para que sus mensajes sean más fáciles de entender. Como con toda la magia, asegúrese de protegerse adecuadamente antes de intentar comunicarse con los espíritus. Manténgase a sí mismo y a los demás libres de daños.

9. Incienso

La brujería y los hechizos wiccanos deben involucrar todos los sentidos, y el incienso se utiliza para crear olores increíbles que le ayuden a concentrarse en su trabajo. Hay palos, conos y polvos disponibles y la combinación de aromas utilizados es enorme.

10. Cuerda o cordel

Tener algo de cuerda en su caja de herramientas significa que puede realizar ceremonias de unión de manos, hechizos de escalera, magia de nudos y otros hechizos y rituales de unión.

11. Varita

Siendo tal vez la herramienta más valiosa y tradicionalmente hecha de madera, debe elegir su varita con cuidado. La mayoría de las brujas y wiccanos le dirán que la varita los eligió a ellos y no al revés. Encuentre una que le hable a usted y que esté hecha del tipo de madera que representa la magia que desea realizar.

Dado que la varita es la herramienta que utiliza para lanzar hechizos, es posible que prefiera tener una selección para elegir. Hay una gran selección de varitas en las tiendas wiccanas y de la nueva era, pero las varitas más poderosas son las hechas en casa. Dé un paseo por el bosque y encuentre una rama que le atraiga. Puede estar sujeta a un árbol, o puede estar tirada en el suelo. Cuando encuentre la rama perfecta, pida permiso al árbol para utilizarla y espere hasta que obtenga una sensación positiva del árbol. Agradezca al árbol y deje una pequeña ofrenda, como un poco de miel o flores, para marcar su respeto.

Ahora puede decorar y consagrar su varita con energía y positividad. Elija un hechizo que le hable y refleje lo que necesita de su varita. Recuerde que es una pieza personal de su personalidad solo para su uso.

12. Usted mismo

Usted es la herramienta más poderosa de todas. Incluso el hechizo o ritual más avanzado no significará nada sin su energía y confianza. Ser fiel a sí mismo le ayudará a convertirse en la herramienta principal que une a todos los elementos y espíritus para trabajar a su favor.

Capítulo 5: Creación de una guía de referencia: Hierbas

La brujería y las prácticas wiccanas dependen en gran medida de las hierbas y plantas naturales para crear pociones, ayudar a los hechizos y añadir poder a los aceites de unción y a las bolsas de mojo. La naturaleza está llena de ingredientes mágicos, pero algunos pueden causar daño. Nunca ingiera ni utilice ningún ingrediente sin comprobar que es seguro y que no causará problemas en su salud.

Su grimorio de hierbas debería estar lleno de nombres de hierbas, imágenes de su aspecto y sus propiedades mágicas. La lista de abajo es una lista bastante completa de la que puede elegir. Las hierbas son parte de su trabajo y pueden transformar el hechizo más mundano en algo más poderoso y lleno de energía. Aceites, esencias y otras plantas también se incluyen para darle una visión más amplia de los ingredientes que puede utilizar.

Acacia – Una hierba poderosa y protectora. Utilícela para ungir cofres y cajas donde se guardan herramientas sagradas. Unte las velas con acacia para mejorar los hechizos para obtener beneficios económicos y para el amor.

Lengua de víbora – Se utiliza en los hechizos para detener los rumores y chismes maliciosos. Funciona bien en la magia lunar y promueve los sueños.

Agar-Agar – Trae bendiciones al hogar y atrae la buena suerte. Se utiliza para hacer pociones de buena suerte que se pueden frotar en las manos antes de jugar a juegos de azar.

Aliso – Es una hierba fuerte que se utiliza en los rituales de magia meteorológica, en la toma de decisiones importantes y en los rituales para la prosperidad y el amor. El aliso se utiliza para proteger a las almas recién fallecidas cuando entran en el más allá.

Pimienta de Jamaica – Queme esta potente hierba para atraer el dinero y la prosperidad. Aporta energía y suerte a los hechizos y puede promover la curación en los baños de hierbas.

Almendra – Se puede utilizar como incienso para promover la suerte y la prosperidad. Los hechizos para superar las adicciones y los hábitos poco saludables utilizan la esencia de almendra para invocar las energías curativas de las deidades.

Aloe – Un ingrediente calmante que se coloca en las tumbas de los muertos para ayudarles a encontrar un pasaje suave a la otra vida. Cuando se utiliza en el hogar, protege a los habitantes de los accidentes y la mala suerte. Atrae nuevos amores cuando se quema en la noche de luna llena.

Ámbar – Es un fuerte ingrediente protector que aleja la energía psíquica y mantiene el hogar seguro. Se utiliza para la claridad mental y la concentración.

Angélica – Una de las raíces más poderosas disponibles, se utiliza para mantener a los practicantes seguros durante rituales importantes como exorcismos y destierros. Agréguela a sus hechizos para eliminar maldiciones y maleficios mientras promueve la energía positiva y la fuerza. Quémela en su caldero si quiere que regrese un amor perdido.

Arrurruz – Utilícela en hechizos que requieran polvo de cementerio.

Bálsamo – Se utiliza para aumentar la paciencia y ayudar en los hechizos de perseverancia.

Bambú – Un material increíblemente afortunado. Utilice el bambú para hacer que su deseo se haga realidad. Grabe sus intenciones en la corteza y entiérrela en su jardín. Lleve un trozo para promover la suerte todos los días.

Albahaca – Asociada a la Candelaria, esta potente hierba es una barrera protectora contra el mal. Colóquela en los alféizares de las ventanas y en la puerta de su casa para obtener seguridad y suerte. Cree una infusión de aceite para que le traiga suerte y prosperidad. La albahaca se puede utilizar en la mayoría de los hechizos, especialmente en los de amor, sabiduría y prosperidad.

Hoja de laurel – Coloque una hoja de laurel en su almohada para que sus sueños sean más vívidos y proféticos. Queme hojas de laurel para atraer el éxito y la riqueza y hacer que sus intenciones sean más fuertes.

Myrica – La corteza del árbol de myrica se debe quemar en su caldero para liberar el estrés y atraer la buena suerte. Espolvoree en sus velas para atraer el éxito financiero.

Belladonna – Advertencia, esta hierba es venenosa, pero puede utilizarse para proporcionar protección en el hogar y limpiar la mente y el corazón tras el fin de una relación.

Bergamota – Utilícela en los baños para favorecer el sueño y mejorar la memoria. Trae suerte y prosperidad y evita que otras personas se entrometan en sus asuntos.

Cohosh negro – Úselo en hechizos para la fertilidad y para curar la impotencia. Añádala a los baños de hierbas para la felicidad y el amor y manténgase a salvo de la energía negativa y el daño.

Bardana – Se utiliza en la magia de limpieza para eliminar los pensamientos y las energías negativas.

Alcanfor – Se utiliza para promover los sueños y la conciencia psíquica. Funciona como elemento de protección al mudarse a un nuevo hogar o al crear un nuevo espacio sagrado.

Alcaparra – ¡La lujuria y el amor!

Hierba gatera – Utilícela con cualquier hechizo dedicado a las deidades asociadas a los felinos.

Manzanilla – Se utiliza en hechizos para la calma y el descanso. Reduce el estrés y elimina la confusión mental. Espolvoréela en el hogar para eliminar maleficios y maldiciones.

Achicoria – Cura la frigidez y promueve la pasión y la positividad. Colóquela en su altar para ayudar a las perspectivas positivas.

Cilantro – Protege a los jardineros.

Culantro – Amor, salud y felicidad. Se utiliza en los hechizos de amor y en los rituales de pedida de mano.

Diente de león – Utilice la hoja y las raíces para invocar a los espíritus, comunicarse con ellos y aumentar sus habilidades psíquicas. Se utiliza para hacer realidad los deseos y atraer el amor y la pasión.

Eneldo – Dinero, amor y lujuria. Los hechizos con eneldo incluido pueden estimular el cuerpo y hacerlo más apasionado. Añádalo a un baño antes de ir a una cita para hacerse irresistible.

Equinácea – La equinácea seca atrae el dinero cuando se quema en su altar.

Eucalipto – Una hierba poderosa y limpiadora que también le ayuda a reconciliarse con las personas con las que ha tenido un conflicto. Refresca los hechizos y los hace más potentes.

Onagra – Añádala a los baños para aumentar la belleza interior y atraer nuevos amores.

Semillas de hinojo – Utilícelas para proteger su hogar del mal. Imparte fuerza, amor y pasión cuando se usa en hechizos y rituales.

Incienso – Utilícelo como ofrenda a los dioses y diosas para significar su devoción. Añádalo a los amuletos y bolsas de mojo para obtener éxito y riqueza.

Ajo – Un ingrediente fuerte utilizado en rituales y hechizos de protección y limpieza. Si se lleva encima, puede alejar el mal tiempo y mantener la fuerza de voluntad. Cuélguelo en el hogar para absorber enfermedades y dolencias.

Jengibre – Promueve nuevas experiencias y el éxito. Añádalo a los hechizos para nuevas carreras o relaciones. Transforme una raíz de jengibre en una forma humana para crear un poderoso amuleto mágico.

Ginseng – Llévelo consigo para mejorar su potencia sexual y sus relaciones. Utilícelo en hechizos para la suerte y la lujuria.

Espino – Tiene propiedades mágicas de castidad y celibato. Colóquelo en el dormitorio para mantener la zona pura e intacta, y utilice el espino para decorar el palo de mayo durante las ceremonias de pedida de mano.

Hibiscus – Quémelo en su caldero para atraer el amor y el romance. Colóquelo bajo la almohada para mejorar los sueños y la capacidad psíquica.

Lúpulo – Atrae los sueños y el descanso. Llévelo en su mochila para mejorar el sueño y calmar las situaciones de estrés.

Musgo irlandés – Atrae la suerte de los irlandeses con esta fabulosa hierba. Llévela consigo y espolvoréela por toda la casa para aumentar la prosperidad y la buena suerte. Una gran hierba para los jugadores.

Jazmín – Se utiliza en los hechizos para recibir mensajes proféticos de los espíritus. Es una hierba fuerte utilizada para cargar cristales y fortalecer los hechizos. Atrae la riqueza y el dinero.

Enebro – Protege al portador de accidentes y es una gran hierba curativa. Lleve las bayas para la potencia sexual y utilice una infusión de enebro para atraer la riqueza y el éxito.

Kava – Fuerte afrodisíaco para añadir a bebidas y pociones. Llévelo en forma seca para el éxito en las relaciones y la felicidad.

Lavanda – Uno de los ingredientes más poderosos de la magia. Cura el estrés y la depresión y ayuda a dormir. Mézclela con romero para crear baños de hierbas para la castidad y la pureza y colóquela debajo de su almohada para ayudar a dormir y traer paz y armonía. Añádala a los hechizos de amor para atraer a los hombres.

Limón – Todas las formas de este poderoso cítrico se utilizan en la magia. La cáscara se añade a las bolsitas de amor, y el zumo y la cáscara son poderosas adiciones a los hechizos de protección.

Hierba de limón – Perfecta para la limpieza psíquica.

Regaliz – Ingrediente picante utilizado para atraer nuevos amores y lujuria.

Lobelia – Se utiliza para controlar las tormentas y mejorar el tiempo.

Apio de monte – Se utiliza para asegurar el éxito en las disputas legales. Inspira el amor y aumenta el atractivo cuando se lleva en bolsitas y se utiliza en baños de hierbas.

Pulmonaria – Llévela cuando vuele para evitar choques y tener un vuelo seguro y bendecido.

Mandrágora – Poderosa hierba utilizada por los exorcistas para protegerse durante los rituales. Ayuda a la prosperidad y la fertilidad cuando se utiliza en los hechizos.

Caléndula – Añádala a los baños durante cinco días para atraer al "señor perfecto". Esparza bajo su cama para devolver la pasión a sus relaciones actuales que se han vuelto rancias.

Flores de mayo – Agréguelas a su magia si quiere atraer el caos y la aventura.

Cardo mariano – Promueva la sabiduría y utilícelo para ayudar a la toma de decisiones.

Menta – La menta seca es una poderosa hierba curativa utilizada para proteger y limpiar el hogar. Coloque hojas secas en su cartera para atraer la riqueza y la prosperidad.

Artemisa – Lleve esta hierba para atraer un nuevo amor y elevar los niveles de pasión en su relación actual. Se puede utilizar en infusiones para limpiar sus herramientas y espacios sagrados.

Ortigas – Disipa el miedo y los pensamientos oscuros y aumenta la confianza en uno mismo. Se puede utilizar en hechizos para repeler energías negativas y disipar chismes y envidias en los demás.

Nuez moscada – Utilice velas verdes para crear prosperidad y riqueza. Atrae la buena suerte y el éxito en los negocios.

Cebolla – Corte las cebollas en cuartos y colóquelas en las cuatro esquinas de su habitación para que esté segura y protegida del mal. Queme las flores para desterrar los malos hábitos y romper las adicciones.

Naranja – Utilice la cáscara, las flores y los capullos en su trabajo de magia para traer armonía y paz a su hogar y a su vida. Atraiga la riqueza y la suerte añadiendo naranja a sus baños de hierbas.

Orégano – Aporta alegría y risas a su vida.

Raíz de lirio – Se utiliza principalmente en los hechizos hoodoo para atraer el amor y el romance. Utilice la raíz de lirio para atraer el amor y el sexo opuesto.

Pensamiento – Se utiliza en los hechizos de magia de lluvia para acabar con el tiempo seco y dar vida a las cosas secas.

Páprika – Arroje esta hierba en el jardín de sus enemigos para atraer travesuras y engaños a sus vidas.

Perejil – Aporta una sensación de calma y armonía a las situaciones problemáticas. Utilícelo en hechizos para resolver disputas y aportar soluciones. Añádalo a su baño para aumentar la vitalidad y promover la curación después de una enfermedad o cirugía importante.

Pachulí – Quémelo para atraer el crecimiento de sus finanzas y negocios. Llévelo en una bolsita para hacerse más atractivo al sexo opuesto y atraer el dinero y el amor.

Pimienta – Se usa la pimienta negra para proteger el hogar y desterrar la negatividad.

Menta piperita – Colóquela bajo la almohada para favorecer los sueños proféticos y la calma. Utilícela como agente de limpieza en un hogar que ha estado sometido a enfermedades y emociones negativas. Utilícela en hechizos para crear un cambio y fomentar la claridad.

Caqui – Ayuda a la transformación de situaciones sexuales.

Phytolacca americana – Ayuda a encontrar objetos perdidos y a hacer un baño de hierbas para romper maldiciones y hechizos.

Semillas de amapola – Utilícelas en la magia de la cocina para atraer el amor y la suerte.

Prímulas – Agréguelas a un baño para ayudar a que los niños rebeldes se comporten mejor. Ayuda a promover la honestidad y la revelación de secretos.

Semillas de membrillo – Lleve las semillas en su bolso para protegerse de daños y ataques.

Hierba de Santiago – Se utiliza en los hechizos para promover el coraje y la valentía. Se asocia con las criaturas mágicas y se utiliza para alejar las influencias malignas.

Trébol rojo – Protege a los animales domésticos y se utiliza para bendecir el hogar. Se utiliza en hechizos para promover la fidelidad y el amor eterno. También ayuda en los hechizos elaborados para resolver problemas financieros.

Escaramujo – Se utiliza para pedir la ayuda de las hadas. Añade poder al popurrí, al incienso y a los baños. Ayuda al amor y a la pasión y puede usarse para reducir la intensidad de las heridas como los moratones y las cicatrices.

Romero – Se utiliza para promover la buena salud y el amor. Sumérjase en baños de hierbas para lavar las energías negativas y aumentar la confianza en sí mismo. Puede aumentar la capacidad de memoria y ayuda a tomar decisiones fuertes. Colóquelo debajo de la almohada para tener sueños fuertes y positivos.

Ruda – Una poderosa hierba utilizada para reforzar las cualidades de protección de la sal en los círculos mágicos. Cuelgue racimos secos de ruda para proteger el hogar y promover una mejor toma de decisiones. Añádala a los baños para romper las maldiciones y los maleficios.

Azafrán – Se utiliza en hechizos para controlar el clima y promover la salud y la conciencia sexual. Lávese las manos con una solución de azafrán para obtener felicidad y riqueza.

Salvia – Se utiliza en los hechizos para ayudar a la pena y la pérdida tras la muerte de un ser querido y se beneficia de la adición de salvia. La salvia seca es un elemento fuerte y saludable y debe colocarse junto a la cama de las personas que sufren y están enfermas. Escriba sus deseos en hojas de salvia y póngalas bajo su almohada durante tres noches para que se hagan realidad.

Sándalo – Queme la hierba en su caldero para visualizar sus sueños y deseos. Es bueno para la meditación y para invocar a los espíritus.

Sal marina – Poderoso ingrediente para la limpieza y la curación. Combínela con ajo y romero para crear una barrera protectora contra el mal. Utilícela en baños y pociones para hacerlas más potentes.

Menta verde – Ayuda a las personas que sufren problemas respiratorios. Queme menta verde para curar y proteger. Escriba sus deseos en un trozo de papel y luego envuélvalo con hojas de menta verde en tela roja, átelas con hilo rojo y colóquelas debajo de su cama. Cuando el olor de la menta se haya ido, sus deseos se habrán hecho realidad.

Hierba de San Juan – Destierra los resfriados y las fiebres. Protege contra toda la magia negativa y los hechizos malignos. Llévela para obtener fuerza para enfrentar situaciones incómodas y conflictos. Utilícela para limpiar sus herramientas y cristales.

Guisante de olor – Atrae la amistad y la camaradería.

Estragón – Aporta fuerza a las situaciones de abuso. Utilícelo para consagrar sus espacios y herramientas sagradas y para atraer la compasión a su trabajo.

Árbol del té – Limpia y purifica su área y elimina la confusión y los conflictos.

Tomillo – Promueve la riqueza y la suerte. Utilícelo en baños y pociones para atraer el dinero y la buena salud. Añádalo a su almohada para ayudar a conciliar el sueño y promover las noches de descanso alejando las pesadillas.

Haba tonka – Se utiliza para promover el éxito, especialmente para las entrevistas de trabajo y las negociaciones comerciales.

Valeriana – Se utiliza para la magia de los sueños y el amor armonioso. Calma las emociones y purifica los espacios sagrados. Utilice la raíz para ayudar a poner fin a los problemas sentimentales y crear una sensación de reinicio y perdón.

Vetiver – Atrae el dinero y el éxito.

Vinagre – Destierra el mal y protege sus espacios sagrados.

Salvia apiana – Ideal para la limpieza y el emborronamiento.

Gaulteria – Añádala a los baños de los niños para bendecirlos y traerles buena suerte.

Hamamelis – Añádala a los hechizos para promover la castidad y la protección. Alivia el dolor y la pérdida y calma las emociones.

Ylang-Ylang – Atrae a las hadas y alivia la ansiedad y la depresión. Aumenta el atractivo ante el sexo opuesto.

A continuación, le ofrecemos algunos consejos sobre infusiones sencillas de hierbas para comenzar su trabajo mágico:

Infusión de amor

- Frasco de cristal con tapa hermética.
- Tela de muselina.
- Aceite base (girasol, oliva, almendras, etc.).
- Romero seco, ruda, pétalos de rosa y menta.

Instrucciones

1. Llene el frasco hasta la mitad con su aceite preferido.
2. Añada las hierbas secas.
3. Ponga la tapa hermética.
4. Agite y asegúrese de que todas las hierbas están sumergidas.
5. Coloque el frasco en un lugar fresco durante dos-tres semanas.
6. Una vez que el tarro esté listo, coloque la muselina en la parte superior abierta del tarro y asegúrela con una banda elástica.
7. Cuele la mezcla en otro recipiente.
8. Saque las hierbas secas y exprima el aceite restante en el segundo frasco.
9. Embotelle y ponga fecha al aceite infusionado.

Utilice el mismo método para crear otras infusiones para la salud, la sabiduría, la amistad, la pasión y la protección. Asegúrese de etiquetar sus frascos y fecharlos.

Cómo elegir el aceite portador que necesita

Combine el aceite con las hierbas para que se complementen. Utilice hierbas florales con aceite de almendras dulces o hierbas culinarias fuertes, como la albahaca y el tomillo, con aceite de oliva y girasol. Utilice aceite de jojoba para las infusiones más duraderas.

La mayoría de los aceites duran unos cuantos meses, y si se les añade algo de vitamina E se conservan mejor. Haga sus infusiones cuando la luna esté creciente para que sean más efectivas, y recuerde concentrarse en su intención cuando las haga.

Sus aceites pueden utilizarse para ungir su altar y sus herramientas o para limpiar su hogar y sus espacios sagrados. Pueden aportar poder a sus bolsas de mojo y velas.

Capítulo 6: Creación de una guía de referencia: Cristales

Todo en el universo tiene una vibración energética, y como los cristales y las piedras preciosas han tardado millones de años en evolucionar, su flujo de energía es especialmente intenso. Cada cristal emitirá efectos diferentes cuando se alinee con las frecuencias humanas. Su grimorio debe ser una fuente de información sobre cómo cargar, utilizar y cuidar los cristales, junto con las modalidades y cualidades que tiene cada cristal.

Hay cuatro tipos de cristales: en bruto y sin procesar, geodas, láminas y piedras talladas. Las piedras en bruto y crudas son más fáciles de trabajar porque conservan su energía y su forma natural. Algunas brujas utilizarán los cristales en rodajas para dirigir la energía o las geodas como decoración, pero los cristales son mejores para los principiantes y las brujas novatas.

Los cristales más lisos son perfectos como piezas de joyería y pueden llevarse alrededor del cuello como amuletos y talismanes. También se pueden utilizar para decorar su altar y espacios sagrados. Cuando escoja sus cristales, recuerde el objetivo y deje que las piedras le hablen y formen una conexión con usted. Algunos cristales le hablarán sin ninguna razón obvia, lo cual forma parte del oficio.

Cristales, piedras y gemas

El ágata es un cristal de color dorado con bandas de luz blanca y brillante que lo atraviesan. Se asocia con el elemento tierra y ayuda a las personas a sentirse conectadas y enraizadas. Ayuda a controlar el estrés y puede utilizarse para tratar los ataques de pánico y la depresión. El ágata de musgo es un ágata de color verde especialmente útil para ayudar a las personas a dejar las adicciones y superar cualquier síntoma que sientan durante el proceso.

La amatista es un cristal púrpura vibrante que favorece la relajación y calma la mente. Se utiliza en rituales para invocar a seres espirituales y proteger al usuario durante el proceso. Se utiliza para aumentar la prosperidad y atraer el éxito en los asuntos relacionados con el trabajo.

La aventurina es una piedra verde y exuberante que aporta coraje y valentía. Ayuda a las personas a resolver su falta de aventura y a ser más positivas ante los cambios. A menudo se la conoce como la piedra del jugador porque trae suerte y riqueza. Elíjala para que le dé la fuerza necesaria para tomar decisiones difíciles sobre su futuro.

La azurita es una piedra azul brillante que aporta el poder de la intuición y la sabiduría. Se asocia con la confianza y la comunicación y aumenta la creatividad y las habilidades. Utilícela cuando necesite ayuda para estudiar o aprobar exámenes.

El bismuto es una piedra purificadora y multicolor. Ayuda en los hechizos y rituales de curación y se utiliza para limpiar otros cristales y piedras. Se puede encontrar en la naturaleza, pero las piezas más espectaculares se cultivan en laboratorios.

La turmalina negra es una piedra poderosa, de color negro, con astillas de color blanco y plata que la atraviesan. Su forma natural es la de una daga, y es una de las formas más potentes de protección contra los seres que agotan la energía, como los vampiros psíquicos, las personas dominantes y las personas tóxicas. Lleve el cristal en su cuerpo para repeler las malas intenciones y la energía negativa. Coloque la turmalina cerca de sus aparatos eléctricos para mantenerse a salvo de los campos magnéticos dañinos que producen.

La piedra de sangre es un cristal transformador y buscador que ayuda a la desintoxicación y a los problemas relacionados con la sangre. Otorga el don de la profecía y puede controlar el clima.

El ópalo de roca se utiliza para curar y fortalecer la voluntad de vivir. Crea positividad y relajación y puede utilizarse para curar el dolor después del parto.

El cuarzo vela es un buscador de la esperanza y aportará positividad y amor a su hogar. Utilícelo cuando medite para animarse a mirar en lo más profundo de su alma para encontrar el rincón más oscuro de su psique y empezar a darle luz.

La celestita es un cristal azul claro con fuertes vibraciones que producen una energía calmada. Se utiliza para traer paz y resolución a las relaciones problemáticas y reconciliar a antiguos amigos. Utilícela por la noche para reducir el parloteo en su cabeza y promover el descanso y los sueños saludables.

La crisocola es un cristal de color verde mar con motas de color negro. Ayuda a las personas a ser más maduras y a dejar atrás las costumbres infantiles. Es la piedra de los nuevos comienzos y del renacimiento. Utilícela para ayudar a las personas a recuperarse de un trauma y a las que necesitan empezar de nuevo.

El citrino es un cristal amarillo dorado que representa el sol y promueve la felicidad y la alegría. Utilícelo en hechizos para aumentar la motivación y alcanzar objetivos personales. El citrino también aumenta la prosperidad y atrae la riqueza.

El cuarzo claro es una parte esencial de su kit de curación. Es transparente y representa la claridad y la positividad que su aspecto sugiere. Utilícelo para limpiar las auras y manifestar sus intenciones. Amplifica la energía de la habitación y se utiliza para hacer hechizos más potentes y exitosos.

La fluorita es una piedra multicolor que cambia con la atmósfera. Absorbe la energía negativa y se utiliza para ayudar a las personas sensibles que luchan contra la ansiedad y el estrés emocional. Ayuda a promover el sueño y aumenta la fuerza de otras piedras en la brujería.

El granate es una gema de color rojo intenso que ayuda a los usuarios a tener más equilibrio y a vivir la vida con más vigor. Su tonalidad roja intensa ejerce una influencia calmante y alivia el estrés. Potencia los sentidos y profundiza el amor entre la pareja y sus familiares.

La hematita es una piedra de color gris oscuro salpicado de plata y blanco con un brillo pulido incluso en su estado natural. Su alto contenido en hierro ayuda a regular la circulación y a aliviar las enfermedades relacionadas con la sangre cuando se lleva sobre el cuerpo. Utilícela para reducir el estrés y resolver situaciones tóxicas.

La piedra perforada es la sorprendente piedra que se encuentra en la playa y en las orillas de los ríos. Su forma está condicionada por el clima y el entorno en el que se encuentran. Si encuentra una con un agujero natural en el centro, añádala a su colección. Utilice las rocas con agujeros para proteger su casa de cualquier daño.

La iolita es una piedra de color oscuro que se utiliza para reforzar los hechizos de prosperidad y riqueza. Ayuda a las personas a resolver problemas financieros y a mejorar su capacidad de gestión del dinero.

El jade es una piedra brillante de color verde que se utiliza para el amor y la pasión. Ofrece protección y suerte para el portador y el hogar. También aumenta la confianza en uno mismo y abre la mente a nuevas oportunidades. Utilícela para atraer la buena suerte y frenar la autoestima negativa.

El lapislázuli es del mismo color que un hermoso cielo nocturno de color azul intenso. Es una de las piedras más influyentes de la naturaleza. Aporta sabiduría, belleza y la verdad cuando es invocada.

La piedra lunar es una piedra femenina asociada a la magia lunar y a los secretos ocultos. Es blanca con toques de azul y verde y puede ayudar a curar problemas menstruales y hormonales. Utilice la piedra lunar para ponerse en contacto con sus sentimientos más íntimos y calmar su psique.

La obsidiana es un cristal volcánico natural y tiene poderosas cualidades para aportar equilibrio y armonía a una situación. Su superficie negra y brillante es perfecta para crear una fuerte sensación de negocio en sus hechizos.

La pirita es una piedra dorada impresionante y hermosa. Tiene bordes dentados y brilla con los colores del oro y la plata. La pirita se utiliza para atraer la riqueza y la abundancia. Utilícela para fomentar la confianza en sí mismo y poner en marcha nuevos proyectos.

El jaspe rojo es una piedra de color rojo intenso con toques de blanco y negro. Es una fuente de energía positiva que puede elevar las vibraciones y los niveles de energía. También se asocia con la pasión y el amor y es un fuerte afrodisíaco cuando se utiliza con pociones de amor. Utilícelo para reducir el estrés y conectarse a tierra.

El cuarzo rosa es un cristal rosa con una superficie muy brillante. Su belleza se asocia con el amor, el romance y las relaciones saludables. Utilícelo para resolver cualquier sentimiento de resentimiento y dolor tras las discusiones entre parejas. Los hechizos y rituales con cuarzo rosa le ayudarán a encontrar su alma gemela y el amor verdadero.

La rodocrosita es una piedra robusta, de color rosa y blanco, con marcas oscuras que suelen ser negras o marrones. Ayuda a las personas a recuperarse tras las malas rupturas y a aprender a confiar de nuevo. Potencia el amor propio y anima al usuario a formar mejores hábitos e ideales de relación.

La selenita es una piedra blanca y opaca que aporta paz y calma a los rituales y hechizos. Ayuda a las personas a recuperar la calma emocional y a disipar la negatividad. Limpia y purifica su trabajo y fomenta la confianza en sí mismo. Utilícela para comprender mejor sus problemas personales y señalar las áreas que necesitan mejorar.

La sodalita es una piedra de aspecto hermoso, de color tierra, con ríos de luz que recorren su superficie. Aporta armonía y paz a su trabajo y le da energía para mejorar su creatividad y sus relaciones.

La piedra solar es una gloriosa mezcla de tonos rosas, rojos y amarillos y es útil para tratar todos los asuntos del corazón. Utilícela para promover el amor, la pasión y un mejor sexo para aquellos que lo necesitan.

El ojo de tigre es una fabulosa piedra marrón con bandas doradas que se asemejan a un ojo felino. Le mantiene a salvo del daño y de la energía negativa conocida por algunos como "el mal de ojo". También le protege de maleficios y maldiciones y es la piedra perfecta para potenciar su fuerza y valor.

La turquesa se asemeja al mar y es de un color azul verdoso intenso con motas de plata causadas por el contenido de óxido de hierro. Se la conoce como el puente entre el cielo y la tierra y es muy apreciada como piedra curativa. Se utiliza para crear canales de comunicación y fomentar la honestidad y la tranquilidad.

Hay muchas más piedras y gemas disponibles para su uso. Sería imposible enumerarlas todas y sus propiedades, pero una tabla de asociación general puede ayudarle a elegir con qué quiere trabajar. Los colores y la asociación con su energía y vibraciones, combinados con los elementos de su signo astrológico, deberían ayudarle a elegir las piedras perfectas para su altar y su trabajo.

Los significados de los colores de las piedras y los cristales

- **Blanco**: Protección, conexiones espirituales, pureza e instrucciones claras.
- **Negro**: Fuerte protección contra el mal y la negatividad, destierro, barreras.
- **Marrón**: Conexión con los elementos y conexión a tierra, prosperidad y éxito.
- **Púrpura**: Crecimiento y éxito en asuntos personales y espirituales.
- **Índigo**: Conexión con sus vidas anteriores y obtención de sabiduría a partir de sus experiencias, equilibrio, karma, finalización de relaciones, detención de conflictos.
- **Azul**: Sanación, aportar claridad, viajes por mar, proteger el hogar.
- **Rosa**: Amor, pasión, nuevas relaciones, amistad, felicidad, afecto.
- **Verde**: Prosperidad, curación, crecimiento, relaciones, fertilidad, nuevos comienzos, riqueza, éxito en el trabajo.
- **Amarillo**: Felicidad, mayor claridad mental, aprendizaje, amor y felicidad.
- **Naranja**: Recuperación de traumas, curación, control de situaciones, control de las emociones.
- **Rojo**: Coraje, valentía, resistencia, pasión, fuego, amor, relaciones, fuerza.

Cómo cargar sus cristales y piedras

Cuando utilice sus cristales y piedras, sus energías naturales se agotarán. Cargarlos los mantendrá llenos de positividad natural y evitará que las energías negativas y dañinas los invadan. El cuidado de sus herramientas sagradas es esencial para mantenerlas en buen estado y asegurar su correcto funcionamiento. Cuando se retiran de la tierra, pierden su fuente natural de energía, y pasan a ser su responsabilidad.

1. Haga hechizos para cargar sus cristales y llenarlos de intenciones que los hagan más poderosos. Escriba su hechizo y dígalo mientras sostiene las piedras y los cristales. "*Realizo un hechizo para llenar estas piedras de amor y luz y hacerlas obrar para potenciar mi poder*".
2. Utilice la luz natural colocando sus piedras y cristales a la luz directa del sol para llenarlos de energía solar. Alternativamente, póngalos a la luz curativa de la luna llena. Vuelva a colocarlos siempre antes de que el sol se ponga o la luna desaparezca para sellar su intención y hacer que las piedras sean más poderosas.
3. Utilice el fuego y el calor para cargar sus herramientas. El fuego es conocido como un elemento destructivo y tiene poderosas cualidades de limpieza. Use su fuerza para limpiar y fortalecer sus cristales pasándolos por la llama abierta de una vela o el humo de un fuego directo. Las llamas y el humo se suman a la energía espiritual y dan a sus piedras y cristales una energía más profunda cuando las utiliza en rituales y hechizos para conectar con los espíritus.
4. Lávelas en agua de luna y una mezcla de otros líquidos. Tome su agua bendita y añada tres gotas de detergente suave, cinco gotas de aceite de bebé y siete gotas de su aceite esencial favorito. Ponga la mezcla en una pequeña botella pulverizadora y déjela reposar. Utilícela para rociar sus piedras y cristales mientras declara sus intenciones, o alternativamente, puede poner sus cristales en la botella para remojarlos.
5. Entiérrelas en la tierra. La tierra está llena de energía natural y es una fuente constante de carga para sus piedras. Entiérralas en el suelo y rodéalas con tierra y plantas siempre que sea posible. Recuerde marcar el sitio para poder encontrarlas una vez que se hayan cargado y repongan su energía.
6. Medite y transfiera su energía a las piedras. Esta es una forma muy personal de cargar y solo debe utilizarla si tiene fuertes intenciones y energía espiritual. Siéntese en un lugar tranquilo y utilice oraciones, meditación enfocada y

visualización para transferir su energía a sus cristales. Imagine la transferencia de su poder a sus piedras y vea cómo se produce la canalización. Tómese su tiempo y sea paciente con su tarea. Imagine una luz blanca y brillante cruzando el espacio entre ambos y sienta el calor de la energía.

7. Cárguelas con el sonido. Recuerde lo alegre y elevado que se siente cuando escucha una pieza musical inspiradora o un sonido familiar. La misma energía emocional se produce cuando somete sus piedras a una estimulación auditiva. Utilice un cuenco tibetano o campanas para crear una poderosa fuente de energía. Si no tiene un cuenco tibetano, simplemente utilice su voz para cargar sus cristales. Pruebe a cantarles o tararearles para aumentar su fuerza vibratoria. Recuerde, sus cristales son una extensión de usted mismo, y si se siente energizado escuchando música rock, la misma energía puede ser experimentada por sus cristales. Ponga música fuerte para darles un impulso.
8. Pida al universo. Utilice un trozo de tela dorada y extienda sus cristales por encima. Pida a los poderes superiores que infundan las piedras con sus fuerzas positivas y poderosas.

No importa el método que utilice para cargar sus piedras o cristales, ellos se beneficiarán más de su amor y positividad. Recuerde agradecerles sus poderes y la fuerza que aportan a su trabajo, al igual que agradece a las deidades y espíritus que trabajan con usted.

Capítulo 7: Lanzamiento y elaboración de sus primeros hechizos

Ahora es el momento de empezar a registrar sus trabajos mágicos en su grimorio. Ya ha desarrollado sus ingredientes y herramientas, y tiene una visión general de los poderes que puede utilizar. Es el momento de poner esta información en práctica y comenzar a lanzar y elaborar hechizos.

La diferencia entre el lanzamiento y la elaboración es simple. El lanzamiento utiliza hechizos tradicionales para que las brujas se vuelvan competentes en la brujería y se acostumbren a los elementos y herramientas que necesitan. La elaboración es una práctica más personalizada en la que se anima a las brujas a ser más aventureras y a crear sus propios hechizos dependiendo de lo que necesiten conseguir.

Explicación de los hechizos

¿Qué son los hechizos? Son procedimientos sencillos que existen para guiar el trabajo del practicante. Cuando uno prueba nuevos platos en la cocina, suele probar una receta que le ayude a hacer el plato perfecto. El mismo concepto se puede aplicar a los hechizos y a los lanzamientos, porque hay que aprender ciertos principios, pero la receta se puede adaptar a su estilo. El uso de hechizos le ayuda a prepararse para su intención y utilizar herramientas y materiales para crear la energía necesaria y despejar el camino hacia el resultado final.

Cómo hacer hechizos

Paso 1: Preparación

Defina su intención es una parte importante de su trabajo previo a los hechizos y la fuerza impulsora detrás de por qué usted está lanzando un hechizo.

Elija la intención que define claramente el resultado que desea lograr:

- **Elija el tema de su hechizo.** Cuando realice un hechizo, debe utilizarlo para usted mismo o para alguien con su permiso. Nunca realice hechizos para otras personas que no estén al tanto de su trabajo.
- **Especifique lo que quiere.** No sea vago y busque un hechizo que lo abarque todo, "que mejore la vida". Cree una intención sólida y específica y apéguese a ella.
- **Utilice un lenguaje positivo.** En lugar de lanzar un hechizo para evitar sentirse solo, cambie la intención a una positiva, como los hechizos para encontrar nuevas amistades o

atraer un nuevo amor.

- **Encuentre un hechizo que se adapte a su estilo.** Si prefiere la magia con velas, utilice hechizos basados en velas. Si le gusta crear pociones, elija un hechizo de pociones.
- **Determine el tiempo y el lugar.** El momento de su hechizo puede ser una de las partes más importantes del proceso. Elija la hora y el lugar y haga una nota para mantener ese tiempo libre.
- **Prepárese y prepare su espacio.** En el día o la noche del lanzamiento del hechizo, asegúrese de haber limpiado su espacio de antemano. Límpielo y cárguelo de positividad. Prepárese en ayunas o con comidas ligeras y tome un baño o ducha purificadora antes de vestirse para el hechizo.

Mientras realizan el hechizo, algunas brujas descubren que entran en un estado mental diferente. Asegúrese de estar preparada para este "estado mental alfa" que puede hacer que se sienta como si estuviera corriendo en piloto automático. Estará tan absorto en el proceso que el tiempo parecerá detenerse. No sentirá el calor ni el frío porque su mente estará tan metida en su trabajo que sentirá que vive en un plano aparte. Esto crea un vínculo metafísico y psicológico con su intención que potencia los materiales con los que trabaja y crea la magia.

Tiempo, deidades y herramientas

En general, hay algunas reglas simples a las que adherirse cuando se lanzan ciertos hechizos. Si está atrayendo o llamando la atención de los demás, lo cual es un proceso positivo y beneficioso, realice sus hechizos durante el período creciente del ciclo lunar. La luna llena es el momento perfecto para lanzar hechizos de atracción, pero no siempre es posible. Si su hechizo es un hechizo de destierro o de repulsión, láncelo en el ciclo creciente de la luna para crear un poder más oscuro. Por supuesto, algunas brujas trabajan con signos astrológicos y otras épocas elementales del año, lo que puede afectar a su calendario. Como en toda la brujería, el momento es una elección personal, y usted sabrá cuándo y dónde hacerlo.

Por último, tiene que elegir las deidades o espíritus con los que está trabajando. Utilice imágenes y símbolos relacionados con sus seres sagrados favoritos e involúcrelos en su trabajo. Utilice estatuas de yeso o imágenes impresas combinadas con representaciones elementales para involucrarlos a ellos y a su energía en su hechizo.

Dependiendo del hechizo que esté lanzando, elija las herramientas y objetos correspondientes que le hablen. Si asocia el azul con la limpieza, elija velas o ropa azul. Si asocia el azul con la depresión, elija otro color. Lo principal es recordar que debe utilizar imágenes, aromas, sabores y herramientas que se ajusten a su intención.

Hechizos simples para principiantes

Hechizo para atraer a su alma gemela

Cuando sepa que es el momento de sentar cabeza y formar parte de una pareja, puede utilizar la magia para asegurarse de que tiene la mejor oportunidad de conocer a alguien que es adecuado para usted y que le hará feliz. El uso de la magia concentra su energía y la dirige al universo para atraer a su alma gemela.

Los hechizos de amor realmente funcionan, y la energía que crea le llenará de amor y felicidad incluso antes de que llegue la persona que busca.

- Elija un día especial en el que la luna esté en fase creciente y márquelo en su agenda para realizar el hechizo.
- Tome un baño lleno de rosas la noche anterior y añada sus aceites esenciales y esencias favoritas.
- Medite por la mañana y despeje su mente. Mientras medita, declare sus intenciones al universo y coloque cualquier imagen o representación de las deidades que haya elegido en su espacio de meditación.
- Cierre los ojos y repita sus intenciones. Por ejemplo: "*Busco un amor tan puro que llene mi corazón de alegría. Busco una pareja que me ame con una pasión y una energía que me haga volar*", mientras enciende una vela roja ungida con aceite de rosas.
- Cante una oración que le hable y esté llena del mismo amor que busca. Pruebe: "*Oh, diosa del amor (inserte el nombre de la deidad que haya elegido). Le pido su ayuda*

para que mi vida sea completa y que me dé el amor que necesito para estar completo. Juntos le rendiremos culto y nos convertiremos en una poderosa fuerza del bien en el mundo".

- Visualice cómo será el encuentro con su alma gemela y cómo se producirá el encuentro. ¿Qué dirá? ¿Qué sentirá?
- Termine el hechizo agradeciendo las herramientas que ha utilizado y los seres que le han ayudado; repita la oración cada noche antes de ir a dormir hasta que conozca a su pareja ideal.

Hechizo sencillo para atraer la riqueza y la buena suerte financiera

Necesitará velas blancas y verdes, ropa blanca y un recipiente con tierra.

- Elija el día para lanzar su hechizo y levántese temprano.
- Medite para despejar su mente y comience su hechizo a las 7 de la mañana.
- Póngase ropa blanca y coja una vela blanca y otra verde.
- Enciéndalas mientras declara su intención: "*Oh, poderosos espíritus, les pido que hagan mi vida más fructífera y llena de riqueza. Prometo utilizar las bondades que envíen para el bien y nunca olvidaré a los que se lo merecen más que yo*".
- Cante la siguiente frase: "*Lléname de la riqueza que merezco*" hasta que las velas se hayan consumido por completo.
- Tome la cera y entiérrela en el suelo o en la tierra de su cuenco.
- Agradezca a los espíritus y termine el hechizo.
- Repita durante cinco mañanas y luego espere que los beneficios comiencen a llegar.

Hechizo de deseo instantáneo

Este es un poderoso hechizo para hacer que las cosas sucedan y debe ser utilizado cuando usted tiene un fuerte deseo de un resultado o un deseo que se haga realidad.

Usted necesitará cinco velas de diferentes colores. Oro, blanco, púrpura, plata y amarillo funcionan bien juntas. También necesitará un paño de color para trabajar y cristales de la suerte como el ojo de tigre o el cuarzo.

- Elija una noche en la que la luna esté llena o sea especialmente brillante.
- Escoja un espacio exterior para su trabajo y extienda una tela dorada en el suelo.
- Tome sus velas y colóquelas en un semicírculo.
- Ponga sus cristales en el centro del semicírculo y arrodíllese ante ellos.
- Encienda cuatro de las velas, pero guarde una para lanzar el elemento final del hechizo.
- Afirme sus intenciones: "*Oh gloriosa luna, le ruego con todas mis fuerzas. Invoque con el poder de su luz y mantenga mis objetivos a la vista. Conceda mi deseo y manténgame a salvo*".
- A continuación, encienda la última vela y deje que se consuma antes de irse a la cama.
- Cuando se despierte después de una buena noche de descanso, agradezca a la luna y a las estrellas su ayuda y visualice lo feliz que se sentirá cuando se le conceda su deseo.
- Ahora, termine el hechizo y medite antes de comenzar su día.

Hechizo para sanar el dolor y curar la enfermedad

Mientras se cura después de un accidente o una enfermedad, el dolor puede ser insoportable. Por supuesto, la magia no debe reemplazar los métodos tradicionales de curación, pero se puede utilizar para mejorarlos y tratar su dolor espiritualmente.

Necesitará cristales curativos, como la amatista o la fluorita, velas blancas y plateadas, y una tela azul para su altar.

- Medite para aclarar su mente y coloque en su altar o espacio de trabajo alternativo un paño.

- Encienda las velas y sostenga los cristales en sus manos derecha e izquierda.
- Mueva las manos hacia las zonas de su cuerpo que le duelen.
- Visualice una luz blanca que llena su cuerpo de energía y expulsa el dolor.
- Cante lo siguiente: "*Luz brillante de los poderosos cielos, por favor cura la herida y detén el dolor. Use su poder para traerme la paz*".
- Ahora, mueva los cristales hacia su cabeza, visualizando que el dolor sale de su cuerpo y es absorbido por el aire que le rodea.
- Agradezca a los espíritus y termine el hechizo diciendo: "*Que así sea*".

Hay miles de hechizos disponibles en grimorios, libros de hechizos y fuentes online de confianza. No tenga miedo de probar una variedad. Si se mantiene puro y positivo en sus intenciones y utiliza sus ritos y herramientas de limpieza y protección preferidos, está exento de todo daño.

Recuerde la red wiccana y el poder triple cuando lance hechizos. Los brujos novatos e incluso los practicantes experimentados pueden verse tentados a utilizar su poder para vengarse y causar daño a otros. Es importante recordar que un gran poder conlleva responsabilidades, y es su responsabilidad mantener su trabajo dedicado a la positividad y el bien. Si alguien le causa daño o hace algo a sus seres queridos que les cause dolor, recuerde que el universo tiene sus propias reglas. El karma se lo devolverá de una forma u otra, así que no es su trabajo lanzar maleficios o maldiciones, ya que esto solo se le devolverá a usted de forma múltiple.

Hay hechizos diseñados para detener actividades maliciosas como los chismes y la difusión de mentiras, pero nunca deben dirigirse a los individuos. Pedir al universo que detenga las formas de comunicación no saludables es aceptable, pero castigar a la gente por su comportamiento no lo es.

Cómo elaborar sus propios hechizos

Una vez que se haya vuelto competente en el lanzamiento de hechizos y obtenga los resultados que busca, el siguiente paso es involucrarse más con el proceso. En lugar de confiar en los métodos de otras personas, usted debe comenzar a involucrarse con el arte rudimentario de la elaboración de un hechizo para satisfacer sus necesidades.

Cuando usted elabora su propio hechizo, es una experiencia gratificante y más satisfactoria cuando funciona. Ha creado algo sorprendente y ha encontrado su manera individual de crear magia. Encontrará su estilo cuando empiece a crear hechizos. Sin embargo, hay algunos aspectos anatómicos a considerar.

Primero, necesita decidir si su hechizo es espiritual o científico. ¿Está utilizando las fuerzas divinas para impulsar su hechizo, o se está centrando en la mente subconsciente? El elemento espiritual implica invocar deidades y seres sagrados, mientras que el enfoque científico se basa puramente en la activación de la parte de la mente centrada en los objetivos y los sueños.

Es importante anotar todos los detalles del hechizo que desea realizar cuando empiece a elaborarlo. Tome nota de las herramientas que utilizará; hierbas, infusiones, velas y una varita deben estar incluidas. Ahora asegúrese de que su intención es clara. Si desea atraer el amor, anote el tipo de amor. ¿Quiere una experiencia apasionada pero breve o un alma gemela? ¿Busca un amor platónico y una amistad? Cuanto más fuertes sean sus intenciones, mejor será el resultado.

Una vez que tenga su intención, decida qué herramientas necesita. ¿Su trabajo de magia se basa más en hechizos con velas, o le gusta usar incienso y cristales? No hay reglas rígidas, pero debería trabajar con los ingredientes que le hablan a usted. Crear hechizos es una experiencia muy personal, y usted puede elegir cada paso.

Recuerde tomar notas en su grimorio a lo largo del proceso para tener toda la información a mano en caso de que le interrumpan.

Escriba los conjuros que tome de un texto tradicional en trozos de papel para poder consultarlos durante el ritual. También puede quemarlos mientras recita la intención para añadir poder y fuerza a su hechizo, pero asegúrese de tener agua o paños preparados para apagar las llamas. La seguridad es lo primero, incluso en la brujería.

Hacer sus propios cantos y conjuros puede ser la parte más difícil del proceso, pero añaden una fuerza increíble a sus hechizos. Hable con el corazón y sea fiel a sí mismo, y no se equivocará. Mantenga sus cantos cortos pero llenos de energía, y siempre incluya su intención de hacer el bien. Comience con una intención clara como: "*Elaboro este hechizo para el poder del bien y nunca lo utilizaría para hacer daño*" antes de utilizar descripciones más detalladas.

Aunque algunas brujas tienen un don para la poesía y la rima de sus cantos, no es necesario. Los espíritus reconocen que no todos podemos ser buenos en poesía, y si sus intenciones y cánticos son de corazón, serán tan efectivos como las rimas elegantes. Siempre que su canto sea fácil de recordar para poder repetirlo, puede ser tan serio o tan divertido como quiera. Los espíritus también tienen sentido del humor y algunos de los mejores cantos son divertidos. Entreténgase con el proceso y sea creativo.

Conectarse a tierra antes de empezar el hechizo es esencial para una buena práctica. Cuando ha creado un hechizo, quiere darle la veneración que merece, por lo que necesita estar conectado a tierra y deshacerse de la energía residual. Intente encontrar un lugar tranquilo al aire libre con un trozo de tierra despejado. Coloque sus manos en la tierra y sienta cómo la energía fluye desde la punta de sus dedos hasta la Madre Tierra, que la guardará y la redistribuirá a quienes la necesiten.

Una vez completado el hechizo, recuerde que puede necesitar conectarse a tierra de nuevo. Cuando termine de hacer el hechizo, es posible que se sienta lleno de un hormigueo de energía o un zumbido en la cabeza. Si se siente cargado, utilice un método alternativo para "bajar" después de su trabajo.

Los métodos incluyen hacer ejercicio, correr, comer una gran comida, tener sexo vigoroso, tomar un largo baño curativo o bailar alrededor de su sala de estar con música fuerte. Independientemente de lo que le funcione a usted, es importante deshacerse de este exceso de energía antes de interactuar con otros, especialmente con las mascotas. Si toca a su mascota cuando todavía está zumbando, puede transferirle su energía y provocar el caos. Nadie quiere que una mascota llena de energía psíquica y mágica ande suelta por la casa.

Capítulo 8: Rituales de limpieza

Los métodos de limpieza son una de las partes más importantes de su trabajo y deben ser practicados como parte de su rutina diaria y no solo cuando lanza hechizos o realiza otras actividades mágicas. Imagínese a sí mismo como un vehículo que se utiliza todos los días y que necesita un mantenimiento regular. Usted no descuidaría su vehículo privándolo de combustible o agua o dejándolo cubierto de suciedad para que se pudra la carrocería. Los mismos principios de mantenimiento deberían aplicarse a sus herramientas, cristales y otros componentes mágicos.

Sin embargo, como ya hemos descubierto, usted es la herramienta más importante en su arsenal mágico, y mantenerse sano, feliz y lleno de energía positiva es esencial. Coma bien, beba mucha agua, y asegúrese de protegerse contra la toxicidad y la negatividad. A continuación, explicaremos más formas de mantenerse espiritualmente limpio, pero por ahora, concentrémonos en cómo mantener sus herramientas y objetos sagrados libres de negatividad.

Rituales de limpieza y hechizos wiccanos

Aunque ya hemos hablado de la importancia de la limpieza, esta parte de su grimorio debería incluir métodos y hechizos más detallados. Estos se convertirán en sus formas características de comenzar su trabajo y le ayudarán a señalar la fuerza de sus intenciones. Los espíritus entienden que cuando usted cuida el espacio en el que trabaja y las herramientas que utiliza, sus intenciones son puras y de corazón.

Haga su propia solución de limpieza natural para uso general en la casa y cree una vibración más positiva.

Limpiadores

Limpiador cítrico multiuso

Qué necesita

- 2 cucharadas de jabón sin aroma
- ½ taza de vinagre blanco
- 12 gotas de zumo de limón fresco
- 4 gotas de aceite esencial de naranja
- 4 gotas de aceite de pomelo
- Agua
- Botella con pulverizador

Añada todos los ingredientes a la botella pulverizadora y llénela de agua. Agite enérgicamente y recite el canto "*El limón cítrico y la naranja limpiadora se unen para traer frescura y positividad a mi hogar*" mientras visualiza que la luz blanca infunde la mezcla y la llena de energía. La solución se puede utilizar en cualquier superficie, excepto en la madera no tratada y el granito.

Limpiador multiuso de menta fresca

Qué necesita

- 2 cucharadas de jabón sin perfume
- ½ taza de vinagre blanco
- 4 gotas de esencia de menta
- 10 gotas de aceite esencial de árbol de té
- Agua
- Botella con pulverizador

Añada todos los ingredientes a la botella pulverizadora y añada agua. Agítela enérgicamente y diga el siguiente cántico: "*Mi casa estará fresca como esta mezcla que trabaja conmigo*". Ahora visualice una luz verde pálida con destellos plateados infundiendo la mezcla y dándole poder de limpieza.

Estas sencillas mezclas cubrirán todas sus superficies con una sensación mágica y harán que su hogar esté fresco y limpio. Si quiere personalizarlas, pruebe a añadir esencias florales. Estas mezclas contienen la sabiduría vibratoria de las flores y se conservan en agua y brandy. Los envases en los que se venden parecen aceites esenciales, pero no son aceites. No tienen ningún aroma, pero son la forma perfecta de añadir vibraciones curativas y relajantes a sus limpiezas.

Las flores de Bach están disponibles en la mayoría de las tiendas de salud y vienen en cuarenta variedades diferentes. Mejore sus mezclas con castaño blanco para crear serenidad, o utilice madreselva para poner en movimiento la energía estancada.

Sprays de limpieza del espacio

Existen múltiples aerosoles comerciales para limpiar el espacio, y pueden disipar eficazmente la negatividad y la mala energía. Sin embargo, los sprays caseros son muy sencillos de hacer, y ese ingrediente añadido de intención personal y amor incondicional los hace un poco más especiales.

Debería utilizar estos sprays para limpiar espacios que han sido afectados por fuerzas externas o que tienen energías residuales del pasado. Utilice el spray para limpiar su altar antes de utilizarlo, para estar seguro de que no lleva ninguna influencia residual de su último hechizo.

Primero, comience con agua destilada o de manantial como base y luego vaya creando. Asegúrese de que se ha purificado antes de ponerse el sombrero de científico loco para saber que está empezando con una pizarra limpia.

Qué necesita

- Botella de spray
- Agua destilada o de manantial
- Una lista de intenciones
- Cristales, gemas, hierbas, aceites y flores por intención
- Vodka destilado sin sabor para su conservación
- Tazón sagrado

Ahora es el momento de crear el elixir madre para utilizarlo en tus rituales de limpieza. Bendiga su cuenco sagrado con buenas intenciones. "*Usaré este recipiente para mantener mis ingredientes sagrados a salvo y llenarlos con el poder de los dioses y las diosas; ayúdame a traer alegría y armonía a mi elixir*".

Agradezca al recipiente y a todos sus ingredientes por haber aportado a su espacio sus cualidades para mejorar su vida. Vierta la cantidad que desee de agua y de ingredientes líquidos mientras reza o canta sobre el cuenco. "*Que mi elixir sea tan potente como mis deseos y destierre la negatividad y el mal de los espacios que utilizo para crear mi magia y doy las gracias a los espíritus*".

Remueva la mezcla en el sentido de las agujas del reloj. Algunas escuelas de pensamiento mágico creen que el sentido de las agujas del reloj es la forma más efectiva de moverse en cualquier acción mágica. Se cree que las acciones en el sentido de las agujas del reloj invocan la energía masculina y la fuerza física y el poder. Es la dirección favorecida para sobrecargar sus campos de energía y traer positividad a su elixir.

La remoción en sentido contrario a las agujas del reloj es más probable que traiga energías de fuera de su ser a la mezcla y cree una divinidad más femenina. Este tipo de energía puede ser útil en hechizos y pociones más delicados, pero la limpieza es un proceso riguroso que se beneficia de la fuerza y el poder creados por la agitación en el sentido de las agujas del reloj.

Una vez que el agua haya dejado de agitarse, añada sus gemas y cristales. Golpee suavemente el lateral del cuenco para estimular sus poderes y remueva el líquido suavemente mientras repite su agradecimiento y amor por los poderes que se le dan. Deje el cuenco toda la noche a la luz de la luna para que se impregne de la energía lunar. Tape la parte superior del cuenco con una red fina si quiere evitar que entren residuos en su líquido.

Por la mañana, recoja su elixir antes de que se ponga la luna y llévelo a su casa. Añada el alcohol y embotelle para sus rituales de limpieza y despeje.

Rituales de limpieza de habitaciones

Ahora tiene las herramientas que necesita para una limpieza total del espacio. Utilice sus mezclas de la misma manera que utilizaría los productos de limpieza habituales para mantener sus superficies, suelos y hogar libres de negatividad, y luego utilice algunos rituales más detallados para concentrar su atención en procesos de limpieza más específicos.

Cortando las cuerdas

Si usted o su espacio sagrado se han visto afectados por la energía negativa de un determinado individuo y necesita dejarlo marchar, pruebe este poderoso ritual chamánico para liberar su espacio y a usted mismo de su influencia. Se puede utilizar para aportar equilibrio y energía a una persona, a un grupo de personas o a zonas específicas de su hogar.

Cuando las relaciones terminan o las personas pasan a mejor vida, pueden dejar depósitos de energía que interfieren en su trabajo. El cortar el cordón le ayudará a seguir adelante y a desconectarse de las fuentes de energía estancadas y a purgar el espacio que ocupan.

Cómo realizar el ritual del corte del cordón

1. Visualice los cordones que le atan a la energía residual y lo fuertes y gruesos que son. Imagine los hilos dorados de energía entrando en su núcleo y formando una conexión con la fuente de la negatividad. Respire profundamente y haga una pausa.
2. Pida a los portadores del cordón que lo suelten. Pida a sus guías espirituales que sigan los cordones y visiten la fuente de su energía. Envíe mensajes a las fuentes y pídales que le liberen de su sujeción.
3. Ahora, imagine que un par de tijeras doradas gigantes cortan los cordones y que los extremos restantes se enrollan de nuevo en su campo energético y se vuelven puros. Sienta cómo los cordones cortados abandonan su campo energético y vuelven a su fuente original.
4. Selle su campo energético con luz curativa. Imagine que una rejilla de energía blanca o azul le rodea y cura las heridas que los cordones dorados dejaron atrás.
5. Imagine una luz dorada que emana de su núcleo y un sólido campo energético blanco que le rodea. Sienta que sus niveles de energía se comparten y la sensación de paz.

Cuando complete el ritual de corte de los cordones, se sentirá equilibrado y contento. Su energía base se sentirá "normal", y estará lleno de energía y listo para comenzar nuevos proyectos.

Rituales con cuencos tibetanos de cristal

Ya conocemos el poder del sonido en la magia y que puede utilizarse para eliminar la negatividad y limpiar un espacio. Los cuencos tibetanos de cristal son una herramienta enormemente poderosa para tener en su arsenal mágico, y se utilizan para sanar y limpiar su ser espiritual, mental, físico y espiritual.

El cuenco en sí mismo es el símbolo definitivo de la vida y de cómo esta nunca termina realmente. Algunos practicantes de la wicca ven el cuenco como el útero del espíritu, con los lados representando la continuación interminable de la vida y el espíritu. Tocar el cuenco le ayudará a equilibrar sus chakras y le preparará para sus trabajos mágicos.

Elija la varita correcta para tocar su cuenco para que la experiencia sea esotérica y personalizada. Debido a que el cuenco representa la energía femenina, el percutor que elija debe tener una forma fálica y representar la energía masculina. Algunos practicantes de cuencos toman medidas elaboradas para crear varitas y golpeadores decorativos; usted puede hacer lo mismo.

Elija un golpeador que le hable a usted, porque los cuencos son extensiones de usted. Los mazos de madera, los mazos de fieltro de Nepal y los mazos de gamuza son más tradicionales, pero las alternativas modernas, como el mazo Xcelite, están hechas con el mango de un destornillador modificado. Disfrute de su cuenco tibetano y de su mazo y benefíciese de su energía curativa.

Limpie su cuenco tibetano

Coloque sus herramientas e ingredientes mágicos en su altar, preferiblemente a la luz de la luna. Coloque su cuenco en el centro y añada hierbas y cristales. Utilice su mazo para crear ondas de sonido mientras canta: "*Este cuenco tibetano está aquí para traer una sensación de energía positiva. Sienta las ondas de sonido limpiadoras que emiten desde esta fuente espiritual*".

El humo como elemento purificador

Ya hemos tocado el tema de la limpieza, y la mayoría de la gente conoce el poder de la salvia, la salvia blanca y otros palos de hierbas. Sin embargo, el trabajo pagano consiste en utilizar ingredientes cotidianos para cambiar los hechizos. La salvia funciona, pero puede ser un poco mundana, así que veamos otros ingredientes que pueden producir humo limpiador.

- El carbón vegetal se utiliza a menudo para crear fuego y llamas, pero ¿puede cargarse para que el ritual sea más eficaz? Sí, se puede; el carbón vegetal hecho de maderas sagradas como el pino, el olivo y el roble se puede comprar en línea o en tiendas mágicas.
- El copal es un ingrediente sagrado de México que representa la sangre de los árboles. Quémelo para traer gran poder y energía sagrada a sus rituales y hechizos de limpieza. Utilice una pastilla de carbón para quemarlo y crear un intenso humo mágico.
- Añada mirra a su carbón para disipar los traumas psicológicos y el estrés. Agregue un par de gotas a su fuego para despejar la angustia y la miseria.
- El café ayuda a expulsar las energías negativas relacionadas con los ladrones o los vampiros emocionales. Si sufre la energía residual de un robo o una presencia tóxica, añada granos de café al fuego y benefíciese de su poder. Utilice granos orgánicos y artesanales para una experiencia más efectiva.
- El incienso de sangre de dragón es una poderosa resina procedente de un árbol originario del archipiélago de Socotra llamado Dracaena o árbol del dragón. Vive desde hace más de mil años y tiene un extraño aspecto de paraguas. Los brujos y chamanes de la zona utilizan su corteza y sus hojas en los hechizos, y el olor dulce y picante del incienso es perfecto para despejar el espacio. El incienso se presenta en forma de varilla, cono y en forma natural en la mayoría de las fuentes mágicas.
- La piedra de alumbre es un ingrediente natural que se puede conseguir en la mayoría de las tiendas de comestibles. Regularmente, se utiliza para encurtir verduras, pero en términos brujeriles, es una manera poderosa y eficaz de hacer que su humo de limpieza sea más potente. Esta piedra se ha utilizado desde antes de la historia, y sus poderes están bien documentados. Tenga cuidado al manipularla, ya que puede irritar los ojos.

Baños y duchas rituales

Cuando lee las instrucciones de los hechizos o rituales, a menudo se incluye la necesidad de un remojo de limpieza espiritual en un baño espiritual, lo cual es genial si tiene una bañera. ¿Y si solo tiene una ducha? Ahora, trabajaremos con algunas mezclas clásicas usando aceites esenciales que puede usar en un baño o ducha cuando sienta la necesidad de un enfoque más definido.

Tres opciones para sus mezclas de aceites de baño

1. Para purificar, mezcle cinco gotas de todos los aceites siguientes: menta, árbol de té y romero.
2. Para una mezcla armonizadora, mezcle cinco gotas de todos los aceites siguientes: aligustre, manzanilla, salvia y lavanda.
3. Para una mezcla refrescante, mezcle cinco gotas de los siguientes aceites esenciales: naranja, menta, canela y limón.

Añada sal al agua del baño para proporcionar un elemento curativo y de limpieza. La sal es conocida como las "lágrimas de Dios" en la brujería, y la sal marina pura es la forma más pura disponible. Encienda una vela blanca y colóquela en la cabecera de la bañera, y coloque una vela dorada o amarilla a los pies de la bañera. Añada los aceites y sumérjase en el agua hasta que se sienta revitalizado y limpio.

Después de salir del baño, sople las velas y tire del tapón de la bañera. Agradezca a los espíritus su ayuda y déjese secar al aire para que las propiedades del baño se queden en su piel. Escurra el exceso de líquido de su cabello y déjelo secar naturalmente para que la sal forme una costra.

Cómo darse una ducha espiritual

Mientras que los baños son más tradicionales, hay algunos beneficios marcados al tomar una ducha cuando quiere limpiar su espíritu y energía. El agua que se mueve tiene una carga eléctrica más potente y elimina más negatividad.

Mientras está en la ducha, imagine una luz blanca y brillante que le rodea. Ahora visualice su negatividad y mala energía saliendo de su cuerpo y uniéndose al flujo de agua. Tome la mezcla de aceites que ha elegido y añádala al agua mientras fluye sobre su cabeza.

Visualice su aura y cualquier mancha oscura que pueda ver. Frótelas enérgicamente y deje que las manchas y los puntos oscuros se unan al agua que fluye. Cierre el agua y salga de la ducha cuando se sienta limpio y libre de negatividad.

Séquese de forma natural y deje que el pelo se seque sin secador.

Duchas de tierra

La forma más estimulante de limpiar su aura y su energía es utilizar las fuentes naturales de agua que nos rodean. Cuando se ducha con una ducha de tierra, devuelve la energía negativa y los residuos a la Madre Tierra, donde ella puede transformarlos de nuevo en positividad natural.

Para utilizar este método, simplemente busque una fuente de agua natural que le permita bañarse libremente. Por supuesto, cuanto más grande sea la fuente, más fuerte será la fuerza, y darse un baño psíquico en los poderosos océanos y mares es la forma más poderosa de duchas terrestres. La sincronización de las mareas, combinada con las sales naturales del agua, hace que no tenga que añadir ningún aceite o ingrediente. Debe sumergirse completamente en el agua y visualizar que toda su negatividad es arrastrada por las olas.

Sin embargo, no todo el mundo tiene la suerte de vivir cerca de la costa y solo ve el mar cuando está de vacaciones. No se preocupe; puede seguir beneficiándose de las fuentes de agua naturales como arroyos, ríos, lagos y riachuelos. Las cascadas y las aguas termales no solo beneficiarán a su espíritu, sino que también mejorarán su piel. Elija la naturaleza y deje que los beneficios le llenen de una sensación de asombro y limpieza abrumadora.

Capítulo 9: Hechizos de abundancia

Cuando practica la magia, esta tiene ciertos efectos en su vida. Adquiere el poder de mejorar su vida y mejorar las cosas para otras personas. ¿Merece usted este poder? ¿Tiene usted la sabiduría para asegurarse de que todo el mundo tiene lo que se merece y no está sujeto a la codicia? ¿Qué es exactamente la abundancia y por qué la necesita en su vida?

La respuesta corta es que todos nos merecemos algo mejor. Todos necesitamos desarrollar una "mentalidad de abundancia", lo que significa que debemos elegir el camino que nos lleve a una vida plena llena de felicidad, amor y relaciones exitosas, experiencias creativas y la capacidad de aprovechar las oportunidades cuando se presenten.

Lo contrario de la "mentalidad de abundancia" es cuando elegimos el camino de la escasez. Pavimentado con dudas y reacciones negativas, la escasez significa que creemos que no merecemos experimentar las alegrías que ofrece la vida, y que deberíamos estar agradecidos por lo que tenemos. En lugar de alegrarnos por las personas a las que les va bien, la mentalidad de escasez conduce al resentimiento y a los celos. Puede significar un miedo al éxito, y en lugar de buscar el cambio y la mejora, pasamos nuestro tiempo quejándonos de las cartas que la vida nos ha repartido.

Cuando tiene una "mentalidad de abundancia", se niega a hacerse la víctima y a centrarse en lo que no funciona. En lugar de eso, se centra en lo que puede hacer para mejorar las cosas y encontrar nuevas posibilidades en la vida. Se convierte en un visionario y un optimista. Toma la iniciativa y utiliza su poder para hacer de la vida una experiencia más rica.

La abundancia no significa que vaya a conducir el mejor coche deportivo del mercado ni que vaya a vivir en una mansión con un montón de sirvientes. No significa que vaya a vivir una vida opulenta. Significa que vivirá una vida llena de todas las mejores cosas que pueda imaginar: Amigos que están ahí para usted, un trabajo que le gusta y está bien pagado, una relación con su alma gemela y una perspectiva próspera. Anímese a soñar y crea que su magia combinada con su mentalidad de abundancia trabajarán juntas para hacerlas realidad.

Hechizos de luna nueva para la abundancia

Durante la luna nueva, se reconecta con su auténtico ser y obtiene la oportunidad de cortar cualquier madera muerta que le impide progresar a cosas mejores. La energía de la luna nueva hace que sus hechizos sean más poderosos y los llena de fuertes manifestaciones de sus deseos. La luna nueva dura tres días y ocurre entre la luna negra y la etapa de cuarto creciente.

Renueve sus energías con un hechizo de luna nueva

Si siente que su energía necesita un impulso o sus baterías están agotadas, es tan importante cargarse a sí mismo como cargar sus herramientas y cristales. Pruebe este hechizo para aumentar sus niveles de energía, para que esté listo para lanzar otros hechizos de abundancia.

Qué necesita

- Sal marina
- Tazón liso
- Papel y bolígrafo
- Cerillas de madera
- Velas (elija el color que corresponda a sus peticiones)
- Varillas de incienso
- Plato blanco

Utilice un ritual de limpieza para crear un espacio sagrado y limpiarse utilizando los rituales ya discutidos. Esto debe realizarse antes de cualquier lanzamiento de hechizos o trabajo de magia.

1. Coloque el plato blanco en la superficie de su lugar sagrado.
2. Elija una vela para colocarla sobre el plato; la naranja le dará la energía para iniciar nuevos proyectos, y la lila le dará el poder de la previsión para ver más allá de las barreras.
3. Escriba su propósito en un papel utilizando un lenguaje claro y palabras fuertes.
4. Cierre los ojos y visualice lo que sucederá una vez que su propósito se haya cumplido.
5. Tome la sal marina y haga un círculo con ella alrededor de su plato blanco y la vela.
6. Pida la ayuda de los espíritus para que su propósito se haga realidad.
7. Encienda la vela y sienta la energía que emite la llama.

8. Tome el papel y quémelo en la llama de la vela hasta que solo queden cenizas.
9. Observe la vela mientras se consume mientras reflexiona sobre el resultado que desea.
10. Una vez que la vela se haya consumido, coja la cera, la sal y las cenizas y entiérrelas fuera de su casa.

El hechizo debería funcionar en dos semanas, y debería ver los resultados rápidamente. Vuelva a realizar el hechizo durante la próxima fase de luna nueva si no funciona.

Hechizo de amor de luna nueva

Este hechizo es para las relaciones rotas o cuando la asociación se siente rocosa y en peligro de terminar. Tal vez es el momento para que la relación termine, sin embargo, pruebe este hechizo primero y vea si puede salvar algo positivo en lugar de tirarlo a la basura.

Qué necesita

- Zumo de limón recién exprimido
- Bolígrafo rojo y papel blanco
- Vela blanca y roja
- Cristales de azúcar moreno
- Paño rojo
- Cristal de cuarzo rosa
- Jazmín seco
- Plato blanco

Antes de realizar este hechizo, necesita despejar su mente y su espacio sagrado. Tome un largo baño de hierbas y medite para asegurarse de que está en el marco mental adecuado para su magia. Deje ir cualquier negatividad conectada a la relación que desea reparar, y prepárese para trabajar desde una hoja limpia.

1. Coloque la tela roja en la superficie de su espacio.
2. Espolvoree el jazmín seco y coloque las velas rojas y blancas en soportes sobre la tela.
3. Escriba los nombres de las personas de la relación en el papel.

4. Dé la vuelta al papel y escriba: "*Un nuevo comienzo viene a nosotros, vuelve a mi lado y reúnete para formar la relación que ambos merecemos*".
5. Deje caer el zumo de limón sobre los nombres del papel y, a continuación, añada los cristales de azúcar.
6. Ponga el papel en el plato blanco y coloque las dos velas encima del papel.
7. Posicione el plato en el alféizar de la ventana a la luz de la luna nueva durante la noche.
8. Por la mañana, encienda las dos velas y coloque el cristal sobre el plato.
9. Queme el papel en las llamas de las velas mientras recita: "*Un nuevo comienzo llega a nosotros, vuelve a mi lado y reúnete para formar la relación que ambos merecemos*" hasta que las velas se consuman.
10. Retire las cenizas del papel y arrójelas al viento.

Recuerde que la relación no será la misma que antes. Ambos habrán crecido y cambiado, así que adáptese y acepte la experiencia.

Hechizos de luna nueva para el dinero

Estos hechizos están destinados a hacer su vida más próspera, ¡pero no lo convertirán en millonario! ¿Sentirá el beneficio? Sí, verá más oportunidades de ganar dinero y mejorar sus finanzas, pero el lanzamiento de estos hechizos no sustituirá el trabajo duro y la gestión financiera.

Si no está satisfecho con su estado financiero actual y siente que las facturas y otros gastos mundanos están constantemente devorando todo su dinero duramente ganado, considere atraer la riqueza a su vida y ser más próspero.

Estos hechizos de luna nueva se realizan en un altar preparado específicamente para atraer el dinero y la riqueza. El uso de un altar portátil le permitirá trabajar tanto en el interior como en el exterior, dependiendo del clima. Siempre que sea posible, lance sus hechizos a la luz directa de la luna para añadir energía y pureza a su trabajo.

Prepare su altar

El altar es una parte fundamental de estos hechizos, así que asegúrese de dedicar tiempo y energía para convertirlo en un lugar sagrado con un enfoque especial. Elija una tela de oro o de un color que le hable a usted y cubra la superficie. Ponga un pequeño cuenco de tierra al oeste de su altar, un vaso de agua al norte, una varilla de incienso al este y una vela o carbón al sur.

Elija una diosa de la riqueza y coloque una estatua o imagen en su altar para representar su poder y sabiduría. Fortuna, la diosa romana de la fortuna, es una forma perfecta de atraer la riqueza y la buena suerte.

Hechizo con velas para la abundancia

Qué necesita

- Vela verde, blanca y dorada
- Aceite esencial de sándalo
- Monedas mixtas de cualquier procedencia

Cómo hacer el hechizo

1. Cargue sus velas con el aceite de sándalo y visualice la diferencia que la riqueza hará en su vida.
2. Coloque las velas en lados opuestos de su altar.
3. Esparza las monedas entre las dos velas.

4. Encienda ambas velas y diga el canto: "*El dinero y el efectivo vienen a mí, sean abundantes y vengan gratis, enriquezcan mi vida y llénenla de amor, denme el mejor de los caminos y recen para que tenga algunos días de suerte*".
5. Acerque las velas y deje que el exceso de cera cubra las monedas.
6. Repita el canto y vuelva a moverlas.
7. Repita la operación hasta que las velas se hayan consumido.
8. Tome las monedas y la cera y guárdelas en una caja o frasco consagrado.

Hechizo para duplicar el dinero

Este hechizo específico está destinado a duplicar la denominación del papel moneda y aumentar su efectivo en un cien por ciento. Usted necesitará tener el dinero en su posesión para que el hechizo funcione.

Como hacer el hechizo

Prepare su altar de la misma manera que el anterior. Tome un sobre blanco y coloque el papel moneda dentro. Selle el sobre y cante lo siguiente:

"*Espíritus del éter, tráiganme el poder de duplicar esta suma,*

Realicen un hechizo para que así sea y hagan que el dinero crezca y crezca".

Puede quemar incienso y utilizar aceites como el pachulí y la naranja dulce para aumentar sus intenciones.

Repita el proceso durante siete días e imagine que el sobre se vuelve más pesado y voluminoso a medida que pasan los días. Guarde el sobre en su habitación, debajo de la almohada, cuando no lo utilice para el hechizo. Rocíe su almohada con aceite de sándalo para que sus sueños se centren en el hechizo.

Una vez que el hechizo funcione y obtenga fondos extra, debe abrir el sobre y gastar el dinero original en algo especial.

Hechizo de luna nueva para traer estabilidad a las relaciones

Si encuentra difícil mantener las relaciones y ha perdido buenos amigos por razones que no puede explicar, debe usar este hechizo para atraer nuevas relaciones y fortalecer las que ya tiene. La intención requerida para este hechizo le ayudará a sentirse positivo acerca de su conexión con la naturaleza y el universo, posiblemente la relación más importante que formamos.

Qué necesita

- Una maceta pequeña adecuada para las semillas
- Tierra rica
- Semillas de peonía
- Cáscaras de huevo
- Agua
- Papel rojo y bolígrafo

Cómo realizar el hechizo

Empiece el hechizo en la noche de la luna nueva, pero tómese un par de días antes para prepararse. Piense en cuáles son sus intenciones y aspiraciones. Si conoce el nombre de la persona con la que quiere conectar, imagine sus caras y cómo se desarrollará su relación. Si desea una conexión más amplia, imagine cómo será su vida con un círculo más amplio de amigos. Ahora limpie y santifique su área sagrada.

1. En la noche de la luna nueva, coloque la tierra en la maceta y diga una oración sobre ella. "Bendice esta tierra y dale las propiedades vivificantes para que crezcan mis intenciones".
2. Agregue las semillas de peonía, riéguelas y pida un deseo de felicidad y amor.
3. Cuide las plantas, riéguelas cada dos o tres días y bendígalas con su amor.
4. Una vez que las semillas se hayan implantado y pueda verlas crecer, tome el papel y escriba en él el nombre de la persona con la que desea conectarse. Si no tiene una pareja específica en mente, escriba su nombre tres veces.

5. Pliéguelo en cuatro y entiérrelo en la tierra con las cáscaras de huevo.
6. Repita este mantra sobre la planta: "Siembro las semillas de la esperanza y la alegría, hago que florezcan y me traigan el éxito y las conexiones que necesito" cuatro veces.

Cada vez que vaya a cuidar la planta, repita las palabras.

Cuando la planta florezca, también lo hará su vida. El cuidado y el amor que muestre por su planta son una clara indicación del nivel de amor que puede compartir con los demás.

Hechizo clásico de abundancia de la luna nueva

Este hechizo es como darse una gran dosis de vitamina D y luego sentarse en la luz del sol durante una hora. Si bien no es un hechizo específico, impulsará su trabajo de magia trayendo energía dorada y brillante y el poder de la luna nueva.

Prepare su altar de la manera tradicional y realice sus rituales de limpieza. Si es posible, realice el hechizo a la luz de la luna en la noche de la luna nueva.

Qué necesita

- Cáliz de leche
- Albahaca
- 4 piedras lisas o cristales
- Hoja de papel blanco y un bolígrafo
- Un billete de dólar

Cómo realizar el hechizo:

1. Asegúrese de que el cáliz de leche esté en el centro del altar y más o menos medio lleno.
2. Deje caer las cuatro piedras o cristales en el cáliz mientras canta: "*Como la suave leche fluye, así crecerá mi abundancia. Las piedras de cuatro darán mi núcleo de vida dorado*".
3. Añada la albahaca y el billete de un dólar.

Repita el canto y deje el cáliz a la luz de la luna durante toda la noche. A la mañana siguiente, vierta la leche en la base de un árbol sano y deje allí la albahaca, el billete de un dólar y las piedras.

Tarros de la prosperidad

Los hechizos de prosperidad son estupendos para realizarlos cuando necesita ese impulso en su vida o si siente que la vida se ha estancado. ¿Qué hay de las formas cotidianas de crear abundancia y buena suerte? Una de las mejores maneras de hacer esto es crear un tarro de buena suerte y prosperidad y mantenerlo en su casa.

Qué necesita

- Un tarro de cristal limpio o nuevo con una tapa que se pueda cerrar
- Vela verde o dorada
- Sal marina
- Hierbas limpiadoras como la salvia
- Canela
- Clavos de olor enteros
- Romero
- Cuarzo ahumado
- Cristal de ojo de tigre
- Monedas de la suerte
- Trébol de cuatro hojas

Cómo realizar el hechizo

1. En primer lugar, limpie el frasco, su zona y a usted mismo con sus rutinas y rituales habituales.
2. Encienda la vela y el incienso.
3. Añada los ingredientes al tarro.
4. Utilice la sal para crear un círculo protector alrededor del frasco y cante lo siguiente, "*Vientos de cambio, pido que me visiten y refresquen, calmen mi alma y me traigan suerte y hagan realidad mis deseos*".

5. Selle el tarro con la cera de las velas y decore el tarro como quiera. Conviértalo en una pieza decorativa que hará que su casa y su espacio sagrado tengan un aspecto increíble.

Los ingredientes que utilice deben salir del corazón, y puede añadir lo que quiera para personalizar su tarro. A algunas brujas les encanta trabajar con hadas y otros seres que viven en el mundo mágico, mientras que otras prefieren fuentes naturales más tangibles.

No hay límite a sus posibilidades cuando se aplica a la abundancia. Fabrique una pequeña versión portátil del tarro de la prosperidad para llevarlo consigo o conviértalo en un llavero. Rodearse de positividad nunca es malo; nunca se tiene demasiada buena suerte.

Capítulo 10: Cantos y encantamientos

Ya conoce el poder de las intenciones, cómo alimentamos los hechizos que lanzamos y los resultados que producen. A menudo hay cantos y conjuros específicos vinculados a los hechizos y rituales durante el trabajo mágico. Sin embargo, ¿qué pasa si usted elabora sus propios hechizos y quiere hacerlos más poderosos?

Para profundizar en el uso de los conjuros para hacer los hechizos más poderosos, podemos referirnos a ejemplos históricos de cuándo se utilizaron y cómo han crecido a través de los tiempos. La palabra latina *incantare* significa "*consagrar con hechizos*", y se cree que su uso se originó en Babilonia y llegó a Europa con el desarrollo del comercio y las rutas comerciales.

En la época medieval, en el folclore y los cuentos de hadas, se utilizaban múltiples menciones de "palabras mágicas" para transformar objetos o personas simplemente por repetición. Pueden cantarse, hablarse o recitarse, y el uso de estas frases se considera parte de los rituales tradicionales y otras ceremonias mágicas. El uso de los conjuros cesó durante la aparición de las religiones monoteístas más modernas, en las que se animaba a los seguidores a rezar a un solo dios y a considerar todas las demás formas de culto o seguimiento como malas e inmorales. Los cuentos de magia y brujería quedaron relegados a la ficción y el uso de conjuros se redujo a palabras sin sentido. En Cenicienta, el hada madrina utiliza la frase "Bibbidi bobbidi boo" para transformar la calabaza en una carroza.

Los adeptos a las prácticas mágicas de hoy en día creen que las palabras suelen ser la parte más poderosa de los hechizos y rituales. Se hablan desde el corazón y refuerzan el poder de la magia durante sus hechizos y rituales, por lo que deben ser elegidas cuidadosamente y con reverencia. Hay muchas fuentes de conjuros y cantos que puede utilizar. Algunas de las fuentes son más serias que otras, pero entreténgase con ellas; después de todo, la brujería puede ser algo divertido, siempre que se mantenga a salvo.

Los antiguos textos romanos enumeran cinco elementos que definen un verdadero encantamiento

- Las palabras deben tener la forma de un imperativo (un tono de mando y positivo utilizando una voz activa).
- Toda la frase debe fluir como si estuviera escrita con música.
- Las palabras habladas dentro del encantamiento deben ser más suaves y susurradas.
- El conjuro completo funciona mejor si se repite.
- No se incluyen dioses o diosas en el encantamiento.

Las prácticas wiccanas modernas no están de acuerdo con el quinto punto y a menudo incluyen deidades en sus cantos, pero los romanos los habrían clasificado como oraciones.

Lo que hay que hacer y lo que no hay que hacer en la construcción de un encantamiento

Cuando se consideran los conjuros, puede ser confuso dependiendo de a quién se le pregunte. Algunas personas creen que cuanto más elaborado sea el encantamiento, más poderoso será, mientras que otras creen que las versiones más cortas son más eficaces.

Estas son solo directrices para ayudarle a elegir los métodos que le convienen.

Lo que hay que hacer

- Elija palabras que sean poéticas pero fáciles de entender.
- Cree una intención que sea concisa y vaya al grano.
- Elija palabras que sean fáciles de recordar para que pueda repetirlas incluso después de que el hechizo haya terminado.
- El conjuro debe ser cómodo y fluir libremente.
- El resultado directo debe indicarse al principio o al final del conjuro.

Lo que no hay que hacer

- No utilice palabras que le resulten desconocidas o incómodas.
- Tenga cuidado de evitar los homónimos; las palabras con más de un significado pueden alterar la intención mágica y enviar sus intenciones a un lugar diferente.
- No sea confuso en su intención. Su hechizo y encantamiento deben trabajar juntos como un mapa de carreteras para dirigir su poder espiritual al destino correcto.

¿Puede usar otros idiomas para los encantamientos?

Algunas escuelas de pensamiento dicen que el uso de otros idiomas en los hechizos y rituales puede dar lugar a malentendidos.

Por el contrario, otras brujas creen que el poder de las lenguas antiguas y extranjeras es más fuerte que nuestra lengua materna.

Los practicantes modernos suelen utilizar conjuros en latín para atraer el amor. Creen que representa la lengua original de la magia y aporta fuerza a su trabajo, especialmente en los hechizos para atraer. Son muy específicos y solo deben utilizarse cuando se tiene una intención muy clara y se sabe exactamente a quién se quiere atraer.

Pruebe estas poderosas frases en latín en sus conjuros para atraer al amor de su vida:

Omnia vincit amor, et nos cedamus amori se traduce como "el amor lo vence todo, cedamos al amor".

Quos amor verus tenuit, tenebit se traduce como "el verdadero amor se aferrará a los que ha sostenido".

Ama me fideliter, fidem meam toto se traduce como "ámame fielmente, mira qué fiel soy".

Amor aeturnus se traduce como "ama eternamente".

Otras lenguas importantes en términos mágicos son el estonio, el siberiano, el finlandés y el ruso. Estas culturas tienen una gran cantidad de leyendas folclóricas y una profunda creencia en el poder de la palabra hablada. Las minorías étnicas y otros contactos culturales utilizaban una mezcla de lenguas para crear un vínculo especial entre sus sociedades. Esto incluía compartir sus habilidades curativas que a menudo se basaban en una mezcla de ingredientes mágicos y poderosos cantos.

Fuentes más modernas de encantamientos

Ahora podemos explorar algunas formas realmente divertidas de utilizar la cultura moderna en nuestro trabajo si quiere mezclarlo y utilizar algunos encantamientos del que quizás sea el mago más famoso de todos, Harry Potter. Antes de descartar esta fuente, es importante entender que los espíritus y los seres sagrados también son entidades divertidas y les encanta experimentar con el humor y los temas más serios. Los arcángeles son quizás algunos de los seres más traviesos del plano astral y les encanta compartir nuestro sentido de la diversión.

Utilice las palabras siguientes para aportar diversión a su trabajo e inyectar un sentido de conexiones mágicas al mundo moderno.

- **Expelliarmus:** El término representa el encantamiento o hechizo más conocido de la franquicia de Harry Potter, que se utiliza para desarmar a los oponentes y hacer que los objetos salgan volando. Los historiadores creen que fue inventado por otro famoso mago, Merlín, y que se utilizó en Madagascar en el siglo XI.
- **Capacious Extremis:** El amuleto de extensión hace que los objetos parezcan más grandes por dentro sin afectar a las dimensiones exteriores. El amuleto se ha utilizado en escenarios de ficción, como el Dr. Who y su Tardis y el bolso alfombra de Mary Poppins, pero no tiene relevancia histórica.
- **Draconifors:** Un hechizo de transfiguración para convertir objetos en pequeños dragones. No es el encantamiento más práctico, pero es un término muy interesante de conocer.
- **Arresto Momentum:** Utilizado para ralentizar el tiempo, puede incorporarse a conjuros diseñados para aliviar el estrés y hacer del mundo un lugar más sencillo.
- **Cave Inimicum:** Es una frase en latín que significa "cuidado con el enemigo" y se lanza para repeler a los enemigos y hacer que el lanzador sea menos visible para los que buscan hacerle daño.
- **Amato Animagus:** Una mezcla de términos latinos, el canto ayuda al usuario a adoptar las cualidades de un animal y le da las habilidades asociadas. Por ejemplo, si se utiliza junto con la palabra *strig*, que se traduce como "el búho", significa que el hechizo atrae la sabiduría y la clarividencia.

Por supuesto, las palabras forman parte de un tema ficticio, pero han sido bien investigadas y le dan una idea de cómo mezclar y combinar sus conjuros.

Mantras budistas

Aunque el budismo es una práctica diferente a la brujería, utiliza algunos de los mismos métodos. Tienen poderosos mantras que enfocan su mente en sus intenciones y le ayudan a estar más canalizado cuando trabaja.

Intente adaptar estos mantras a sus conjuros para conseguir una forma calmada de dar poder a sus palabras:

- *Om Mani Padme Hum* toma palabras de la lengua india y las combina para hacer un canto sagrado. Om representa el símbolo sagrado, mientras que Mani es la joya, Padme es la flor de loto y Hum representa el espíritu de la iluminación. Combinados, crean un canto que pide la protección de lo divino en tiempos de peligro. El canto también pide ayuda para purificar sus pensamientos y frenar la codicia y la ira.
- *Om Amideva Hrih* es un canto que representa el renacimiento y el viaje a los planos divinos. Cultiva la fuerza interior y le hace valiente y listo para superar los obstáculos de la vida.
- *Ayuhis Jnana Pushtim Kuru* deriva del sánscrito y significa larga vida, sabiduría y riqueza. La palabra Kuru representa la forma verbal de "hazlo" y fomenta la energía para llevar a cabo estos actos.
- *Om A Ra Pa Ca Na Dhih* es un canto asociado a Manjushri, un sabio Buda a menudo representado con una espada en la mano derecha y una flor en la izquierda. El canto de este mantra le dará un poder equilibrado de fuerza, compasión y sabiduría para tomar decisiones informadas.

Los wiccanos creen que el conjuro o canto más importante que se haga debe dirigirse a la deidad correspondiente y de una forma que pida su ayuda. A la mayoría de los practicantes les gusta trabajar con un conjunto específico de deidades y suelen hablar con ellas con regularidad porque hay miles de deidades entre las que elegir; la mayoría de los creyentes paganos y wiccanos eligen una mezcla ecléctica de deidades y crean un poderoso "equipo" con el que trabajar.

Deidades populares y lo que representan

Matrimonio, amor y lujuria

Para los hechizos que están diseñados para traer la pasión y el amor a su vida, hay algunas deidades conocidas como Freya o Afrodita que puede invocar. Si desea un aspecto más físico para su magia, por qué no probar con Príapo, el dios griego de la sexualidad cruda que está bendecido con un pene erecto gigante para alejar a los ladrones y fomentar la fertilidad y la lujuria.

Magia

Para ayudarle en sus trabajos o cuando sienta falta de inspiración, pruebe con Hécate, la diosa griega de la hechicería. Su nombre significa "trabajadora de lejos" y a menudo se la representa con antorchas o una llave. Representa lo mágico y lo místico y puede ayudarle con sus habilidades artesanales de bruja.

Artesanía

Para obtener ayuda con las actividades artesanales más tradicionales, pida ayuda al dios celta Lugh. Es un herrero con talento y trabaja en una forja celestial fabricando armas y objetos mágicos. Se le representa como un guerrero y salvador que llamó la atención de Julio César debido a la importancia que los celtas daban a su fuerza.

Para una artesanía más casera, pida a la diosa Hestia, la diosa griega del hogar, que acuda en su ayuda. Ella ayuda en cuestiones de domesticidad y arquitectura. Ella le ayudará a proteger su hogar y a mantener la santidad de la familia.

Cosecha de otoño

Trabajar en otoño puede ser increíblemente gratificante. El otoño es la estación de la abundancia, y las diosas y los dioses que se asocian a esta estación son generosos y abundantes. Puede trabajar con Osiris, la diosa de la cosecha, o con Herne, el poderoso dios de la caza. También puede pedirle ayuda a Ceres, la diosa romana del grano. Por ella, los granos triturados se llaman cereales. Es una diosa maternal que le protegerá y nutrirá, especialmente cuando empiece con su oficio.

Energía femenina y fertilidad

Cuando usted trabaje con la luna y la energía lunar, tendrá más poder, pero por qué no fortalecer su trabajo pidiendo a la diosa madre más poderosa de todas, Isis. Artemisa y Venus también aportarán fuerza a su trabajo, mientras que Juno se asocia con el cuidado de las mujeres que dan a luz. Para una visión más masculina del tema, pida la opinión del dios celta Cernunnos. Conocido como el ciervo con cuernos, a menudo se le representa asociado con animales masculinos y llevando una bolsa de monedas y una cornucopia para señalar sus abundantes dones.

Antiguos mantras secretos

Al lanzar un hechizo, hay muchas cosas que recordar, por lo que puede ser difícil recitar conjuros y mantras largos y complicados. Simplifique las cosas creando poderosos cantos de una sola palabra utilizando palabras históricas y místicas para dar poder a su hechizo.

Cantos sumerios

- Tigris para asegurar el éxito general.
- Lugal para encontrar objetos perdidos.
- Ummia para deshacerse de personas tóxicas o dañinas para usted y su familia.

- Nannaiya para aumentar su libido y la fertilidad.
- Lazuli para aumentar su fuerza personal y potenciar el coraje.
- Ningrisu para hechizos de memoria.
- Ziggurats para curar el útero o resolver problemas de concepción.
- Bittaty para hechizos de curación de adicciones.
- Geshtyn para la buena suerte en la búsqueda de empleo.
- Enlil para atraer la riqueza y la prosperidad.
- Huyuk para mejorar las conexiones psíquicas e inducir los viajes astrales.
- Amón para formar una conexión con el reino divino.
- Pettatron para ayudar con los problemas legales y los casos judiciales.
- Vastaba para establecer una conexión con los ángeles y arcángeles.
- Katemu para favorecer la longevidad y la vejez.
- Towfarot para aumentar la virilidad y la potencia sexual.

Los cantos de salud pueden reforzarse con palabras que históricamente identifican ciertas afecciones

- Minnal para las enfermedades de la piel y las erupciones.
- Zassu para las enfermedades pulmonares.
- Galipal para problemas dentales.
- Kepuruth ayuda con hechizos para curar la calvicie.
- Chethuruk para dolencias estomacales.
- Sheekap para trastornos y enfermedades sexuales.
- Misenno para dolores de cabeza y migraña.

Mantras especiales para fines específicos

- Bael para hacerse invisible a uno mismo o a los objetos.
- Marbas para tener éxito en los exámenes o entrevistas.
- Barbatast para eliminar maleficios y maldiciones de sí mismo y de sus amigos.
- Beleth para hechizar a alguien y atraerlo hacia usted.
- Sitri ayuda a mejorar el impulso sexual.
- Zepar promueve la fertilidad y la concepción.
- Botis promueve la paz y la prosperidad.
- Sallos crea conexiones con la fuerza todopoderosa del universo.
- Marax fomenta el pensamiento maduro y las decisiones adultas.
- Ipos ayuda en los hechizos para superar las fobias y vencer los miedos.
- Bune fomenta las ganancias financieras y atrae la riqueza y el dinero.
- Furfur para una energía calmada para resolver disputas y discusiones.
- Shax para la protección y una barrera espiritual contra el daño.
- Haagenti para el renacimiento y las nuevas empresas.
- Murmur para la paz mental y la fuerza física.
- Gremory para permitir que el lanzador del hechizo obtenga una visión y poderes clarividentes.
- Seere para fortalecer sus sueños y llenarlos con detalles de sus vidas pasadas.

Así que ahora tiene una biblioteca de palabras, mantras, cantos, y poderosas formas de hacer sus conjuros más exitosos. Sin embargo, ¿hay alguna forma de combinar la tecnología y los mundos antiguos para crear sus palabras mágicas? El nacimiento de internet significó que siempre hay una manera de usar la tecnología, y con los encantamientos no es diferente.

Generador de conjuros al azar

Existen varias fuentes en línea que pueden conjurar conjuros al azar a partir de una enorme base de datos de palabras mágicas. Pruebe el generador de innovaciones mágicas *Seventh Sanctum* para crear quince invocaciones por página. Puede cambiar las opciones a varios temas para que coincidan con sus intenciones y refrescar las opciones tantas veces como quiera.

Seventh Sanctum es un gran sitio web lleno de ejemplos extravagantes de conjuros que toman la forma de palabras mágicas combinadas con poderosas direcciones intencionales para que sus conjuros se sientan energizados y llenos de poder. Si las frases "por los dos escudos de Mutat" o "invoco la túnica púrpura de Redgym" le parecen el tipo de cosa que le parecería genial en sus conjuros, visite el sitio web. Usted también puede beneficiarse de la invocación de "los seis coros de Lymisuta".

Ya sabemos que la persona que está detrás del conjuro es la parte más poderosa de la ecuación, así que las palabras que utilice son sus herramientas más poderosas. Utilícelas con buena intención y pensamientos puros, y añadirán energía a su trabajo.

Capítulo 11: Proteger su energía

En un mundo ideal, practicar la magia con buenas intenciones y solo crear hechizos que ayuden a la gente y traigan positividad a sus vidas sería suficiente para mantenernos a salvo. Sin embargo, al igual que en el mundo real, siempre hay fuerzas que buscan causar daño y traer negatividad. La protección de uno mismo, de su área sagrada, de su hogar y de las personas que ama debe estar siempre presente. Desde que los humanos empezaron a comprender el poder de la magia, también se dieron cuenta de que era necesario protegerse de y contra esas fuerzas.

Reglas de protección

La seguridad y la protección significan que hay que cumplir ciertas reglas, y todos los practicantes deben tener un código de conducta. Escribir estas reglas en su grimorio significa que usted está constantemente recordando los principios básicos que todos los hechizos wiccanos y de brujería deben incluir.

No hacer daño

La rede wiccana debería ser la parte más importante de su armadura protectora. La brujería se asocia a menudo con hechizos que implican resultados negativos para las personas que le han hecho mal y buscan venganza. Los verdaderos practicantes de la wicca y la brujería saben que no hay ningún beneficio en lanzar este tipo de hechizo, ya que puede ser contraproducente y devolver la energía al lanzador. Tome la responsabilidad de sus acciones y nunca trate de lanzar hechizos para dañar a otras personas. Terminar cualquier hechizo con la declaración "Para el mayor bien de todos y sin intención de dañar a nadie" se asegurará de que sus hechizos tienen solo resultados positivos. Recuerde, el universo trata con el comportamiento negativo y tiene planes para todos nosotros con respecto al karma y la venganza.

No haga hechizos para otras personas sin su permiso

La brujería es un tema polémico para algunas personas. Por lo tanto, incluso si usted piensa que está haciendo algo útil o positivo, nunca debe lanzar hechizos para otros sin su permiso directo. Una buena regla a seguir es esperar a que otras personas acudan a usted en busca de ayuda en lugar de tratar de imponer sus creencias sobre ellos. Concéntrese en los hechizos que le involucran a usted mismo en lugar de hacer un trabajo espiritual para otros.

Mantenga sus actividades en privado

En el pasado, las brujas se veían obligadas a guardar silencio sobre su trabajo por miedo a la persecución, pero hoy en día el tema es mucho más abierto y la gente es libre de hablar de sus creencias. Sin embargo, debe ser respetuoso y consciente de que otras personas pueden no tomarse bien que hable de ello con ellas, especialmente cuando no han expresado ningún interés en la espiritualidad o la brujería. Una buena regla a la que atenerse es hablar de su trabajo solo con miembros de confianza de su aquelarre u otros amigos brujos en los que confíe. Recuerde que hablar con otros sobre el trabajo de hechizo podría significar que su energía se convierte en parte de su hechizo y puede afectar el resultado de su trabajo.

Protección contra el fuego

El poder del fuego es indiscutible, y utilizar velas y fuego en los rituales aporta esa fuerza elemental a su trabajo, pero el fuego también es peligroso. Tenga siempre a mano un cubo de arena, un cuenco de agua o un extintor cuando realice hechizos de fuego. Asegúrese de utilizar portavelas resistentes y manténgalos alejados de las cortinas y otros materiales.

Límpiese y manténgase saludable

Eliminar el exceso de energía de su espacio y de usted mismo es uno de los consejos de protección más importantes que puede recibir. Evite los alimentos tóxicos y las sustancias nocivas para mantener su mente y su cuerpo sanos, de modo que su trabajo esté centrado y conectado a tierra.

No confíe en la magia para mantenerse a salvo

El uso de rituales para protegerse nunca debe tener prioridad sobre el sentido común y las formas prácticas de protección. Si es objeto de abuso, violencia, intimidación y otras acciones dañinas, necesita obtener ayuda de fuentes más prácticas para detenerlas.

No busque la redención a través de la magia

No piense que la magia le protegerá si ha hecho algo malo. La base de la buena magia está basada en la moral y la ética. Si ha hecho algo ilegal, puede usar la magia para atraer el éxito para su caso legal, pero no evitará que sea castigado. La magia le ayudará a obtener una decisión más indulgente y apropiada para el delito que ha cometido.

Antes de cualquier trabajo de brujería o hechizo, es esencial realizar un simple ritual para mantenerse a salvo de cualquier efecto secundario o daño involuntario. Esto es algo que debe hacer antes de cada ritual o hechizo.

Ritual de autosanación

- Respire profundamente tres veces y despeje su mente del desorden y los pensamientos.
- Respire profundamente otra vez e imagine que su cuerpo se llena de una luz brillante y plateada que fluye de la diosa de la luna.
- Ahora acepte la luz brillante y dorada que fluye del sol y sienta que se combinan en su cuerpo.
- Respire profundamente otra vez y sienta una luz blanca y brillante que fluye desde el universo y se une a las fuerzas lunares y solares para convertirse en la energía conjunta del cosmos que le protege completamente.

Ahora recite las siguientes palabras

"Bendice mis pies y dales la fuerza para caminar por un sendero de rectitud.

Bendice mis rodillas para que se conviertan en los pilares de la fuerza que se doblan cuando es necesario.

Bendice mi corazón y mantenlo lleno de belleza y amor.

Bendice mis labios y llénalos con el poder de convocar a los seres sagrados que me mantienen a salvo".

Póngase de pie y abra los brazos hacia el cielo mientras siente que el calor de la energía llena su cuerpo y su alma. Lleve los brazos hacia su corazón para indicar que ha recibido y aceptado las energías. Agradezca a las deidades y termine el ritual diciendo: "Así será".

Ahora puede utilizar algunos otros hechizos de protección para mantenerse a sí mismo y a su hogar protegidos y libres de la negatividad.

El hechizo de protección de Jano

Jano es la deidad romana que representa todos los comienzos. Él es representado como el dios de dos caras y tiene la tarea de proteger las entradas tradicionales como las puertas y pasajes. Este hechizo puede ser personalizado para evitar que la gente entre en su casa y traiga mala energía, o puede ser utilizado como una protección general para su hogar.

Qué necesita

- Cazo o caldero de cobre
- Taza de café negro

- Un trozo de mantequilla sin sal
- Filtro de café

En la cacerola o caldero, caliente la mantequilla suavemente. Escriba un símbolo mágico o una runa relacionada con su dios o diosa favorita (el símbolo de Jano son las dos caras de un hombre) en el filtro de café y añádalo a la cacerola. Vierta el café y haga girar el líquido mientras pide a los espíritus y a los dioses que eliminen la energía negativa y las personas de su casa y de su vida. Si decide nombrar a personas concretas, escriba sus nombres en un papel y añádalo a la poción.

Una vez realizado el hechizo, lleve la mezcla lejos de su casa y deshágase de ella con cuidado.

Hechizo de tocar y quemar

Esta es una poderosa manera de mantener objetos individuales a salvo y asegurarse de que no se los quiten. Es un hechizo simple pero muy efectivo para mantener sus pertenencias a salvo. Si desea adaptar el hechizo para proteger una relación, elija un objeto relevante para esa relación y lance un hechizo sobre ese objeto.

Qué necesita

- Una aguja o un clavo
- Una vela blanca
- Objetos que quiere proteger

Cómo lanzarlo

1. Caliente la punta de la aguja o el clavo y grabe su nombre en el lateral de la vela.
2. Encienda la vela y deje que la llama se establezca.
3. Cierre los ojos y visualice el poder de la llama.
4. Coloque las manos sobre el objeto y diga la frase: "*Si lo toca, se quemará*".
5. Repítalo cinco veces mientras imagina que el calor de la vela infunde la superficie del objeto hasta que la superficie se calienta.
6. Visualice el signo del pentáculo flotando sobre el objeto y enviando energía al mismo.

7. El hechizo termina cuando la vela se consume de forma natural.

Aumente la fuerza del hechizo lanzándolo un domingo de luna llena. Refuerce el hechizo cada mes. Este hechizo puede ser usado para mantener todos sus objetos personales seguros y libres de daño.

El hechizo del Cordón Encantado

Utilice este poderoso hechizo de protección para reforzar los lazos con sus seres queridos y mantenerlos a todos a salvo y libres de negatividad. Pida a todos los amigos y seres queridos que usted quiere atar juntos que le den un botón de su ropa. Elija un cordón dorado o blanco y bendígalo con agua de luna o agua salada.

Cree un cordón con el cordón y los botones que ha recibido. Mientras enhebra los botones en su cordón, pida la protección y el amor divinos para cada uno de ustedes. Diga las palabras: "*Mientras el cordón une estos botones, tráenos toda la protección y el amor, apóyanos, asegúranos y protégenos con el escudo de la divinidad*".

Una vez que haya bendecido su cordón, llévelo consigo para que lo mantenga a salvo. Si tiene un día difícil, colóquelo en su altar y recárguelo con el canto. Utilice el cordón para amigos enfermos, para cambiar de trabajo, para mudarse de casa o para comenzar nuevas relaciones, para mantenerlos a salvo y traerles suerte.

Hechizo de protección para empáticos

Si se conecta profundamente con los espíritus con los que trabaja, sabrá lo agotador que puede ser y cómo las energías negativas pueden buscarlo. Lanzar un hechizo especial para empáticos significa que tiene una capa adicional de protección para mantenerlos alejados. Este ritual crea un alter ego que atraerá las energías negativas y las absorberá.

Qué necesita

- Espejo
- Sal
- Agua de luna
- Lavanda

- 2 velas
- Cristal de ojo de tigre
- Paño oscuro

Prepare dos cuencos de líquido. Uno debe ser de agua de luna y sal y el otro de agua de luna y lavanda. Coloque el cristal en la segunda solución y deje ambos cuencos a un lado.

Lave el espejo en la solución salina y cúbralo con un paño oscuro. Colóquelo boca abajo en una superficie plana y espere a que se haga la oscuridad. En una habitación oscura, encienda las velas a ambos lados del espacio en el que se encuentra sin que creen una imagen en el espejo. Destape el espejo e investíguelo con pensamientos e intenciones positivas. Frote la superficie con la poción infundida de cristal siete veces, y luego cubra el espejo y póngalo en un lugar seguro.

Repita el proceso siete veces sin lavarlo con sal. Ahora ha creado una imagen psíquica de sí mismo que desviará cualquier fuerza negativa de su ser físico. Si el espejo se rompe, indica que ha absorbido las fuerzas con tanta eficacia que ya no tiene espacio para la negatividad.

Más hechizos de protección para el hogar

Si su casa es segura, se convierte en un refugio para usted y sus seres queridos. Los wiccanos creen que mantener este espacio seguro es el núcleo de sus necesidades de protección y le da el espacio para retirarse cuando se siente amenazado o molestado por la negatividad.

Invoque a la diosa con espirales

Las espirales son símbolos importantes en las tradiciones celtas y wiccanas, y representan a la diosa madre, que es la encarnación de la generosidad de la tierra y el mundo natural. Cuelgue espirales en sus puertas y ventanas para mantener alejada la negatividad. Este símbolo tiene un doble uso y puede disipar la energía y mantenerla fuera o atraer las buenas energías. Las energías negativas se destierran si cuelga una espiral con la línea en sentido contrario a las agujas del reloj. Si la línea corre en el sentido de las agujas del reloj, atrae las energías positivas.

Cree un frasco protector para brujas

Tome un frasco de albañil y llénelo hasta la mitad con agua de luna o agua salada. Coloque clavos oxidados, piedras dentadas y otros objetos afilados en el frasco. Añada hierbas protectoras como hojas de laurel, romero y ajo al frasco y ciérrelo bien. Coloque el tarro en un espacio seguro y mantenga su existencia en secreto. El tarro absorberá las fuerzas energéticas negativas durante un mes antes de que sea necesario reponerlo y reemplazarlo.

Invite a los elementales

¿Qué son los elementales? Son los espíritus naturales que representan los cuatro elementos terrestres, y viven en el plano terrestre y les encanta mezclarse con los humanos. Cuando visitan su casa, traen consigo protección y alegría junto con su sentido individual de la diversión. Al igual que la naturaleza está habitada por un número infinito de seres, el mundo espiritual de la naturaleza también lo está. Puede elegir los espíritus individuales que le atraigan e invitarlos a visitarle dejando dulces de colores, bayas o gelatinas en macetas alrededor de su casa.

El elemental del aire es la ondina. Aprenda a atraerlas construyendo una fuente de agua o teniendo una pequeña fuente en su jardín. Si tiene un espacio limitado, utilice cristales para atraerlas. Los cristales blancos y azules y las piedras preciosas deben colocarse en la casa o llevarse encima.

El elemental del fuego es la salamandra. Se sienten atraídas por los lugares cálidos, y tener una hoguera de leña las atraerá a su hogar. Las bayas rojas y los cristales de color rubí le asegurarán la protección de estos ardientes elementales.

El elemental de la tierra es el gnomo. Están en buena sintonía con los humanos y les encanta trabajar con personas respetuosas con la naturaleza y la ecología. Coloque caramelos verdes o marrones en un cuenco o ponga adornos de gnomos en su jardín.

El elemental del aire es el silfo. Les atraen las cosas ligeras y aireadas, como las campanas de viento y las campanillas. A los silfos les encanta trabajar con los humanos creativos y los inspiran a ser más productivos.

Cree un espacio dedicado a santa Brígida

La diosa celta Brígida es un espíritu fuerte y protector que vigilará su casa y a sus habitantes y los mantendrá a salvo. Dedicarle un espacio le ayudará a evitar la negatividad y puede limpiar un hogar que ha sido violado por problemas domésticos, discusiones acaloradas u otras manifestaciones negativas.

Elija una mesa pequeña y cúbrala con un paño verde para representar sus orígenes irlandeses. Cree una imagen de una cruz hecha con juncos y póngala en el centro de la mesa. Llene una taza pequeña con leche y póngala sobre la mesa. Agregue una rebanada de pan, algunas moras y una ramita de hiedra, y diga el siguiente conjuro:

"*Exaltada, diosa madre de Irlanda*

Trae el poder del mar y de las olas

La dulzura del rocío natural,

Llena el aire de viento y tormentas

Y haz que mi hogar sea seguro,

Ayúdame a luchar contra los poderes que me acosan

Desde los sótanos hasta el techo más alto

Desde las ventanas hasta la puerta y más allá

Protege a las personas que viven dentro

Ilumina la casa con tus bendiciones y enciéndela con tu llama eterna

Santa Brígida, que así sea".

Haga que el hechizo sea más poderoso lanzándolo un lunes cuando haya luna llena. Recargue el altar cuando sienta la necesidad de alcanzar y obtener una protección extra.

Baños de protección y hierbas efectivas

Los baños de purificación se utilizan para limpiar las energías negativas antes de la elaboración, pero si va a trabajar con fuerzas poderosas, es posible que desee utilizar baños de protección para mantenerlas a salvo.

Con el tiempo creará una mezcla de hierbas calmante que le funcione. No se preocupe si no lo hace bien al principio. Cuando empiece a tomar baños de protección, puede ser confuso. Utilice estas mezclas tradicionales para ayudarle a crear un escudo protector mientras se baña.

Qué necesita

- Pasta y mortero
- Un trozo de algodón limpio
- Cordón
- Sal
- Hierbas

¿Cuáles son las mejores combinaciones para el baño?

- Anís, romero, salvia e hinojo
- Salvia, laurel y artemisa
- Romero, manzanilla y albahaca

Cómo preparar el baño:

1. Tome las hierbas secas o frescas y añádalas al mortero. Utilice el mortero para molerlas juntas antes de transferir la mezcla al algodón.
2. Tome los bordes de la tela y asegure la mezcla con el cordón.
3. Colóquela en el agua del baño y utilícela para infusionar el agua. Si se ducha, apriete la bolsa sobre su cabeza para que los jugos fluyan por su cuerpo.

Cree un calendario para sus baños y asegúrese de completar el ritual en los ciclos más potentes de la luna.

Todas las rutinas de limpieza y protección deben repetirse regularmente y cargarse para que sean más efectivas. Su bienestar y la seguridad de sus seres queridos son primordiales para su felicidad. Duerma tranquilo porque sabe que las personas y los lugares que ama están en buenas manos.

Conclusión

Es importante para todos volver a conectar con la naturaleza y las vibraciones que nos rodean para entendernos mejor a nosotros mismos. Por eso este libro es esencial para su viaje de autodescubrimiento a través de la exploración mágica.

Ahora tiene la información que necesita y el poder de crear su(s) diario(s) mágico(s) para ayudarle a convertirse en una fuente de brujería. Todo lo que necesita está al alcance de su mano, así que buena suerte con su grimorio y su mundo de hechicería.

Segunda Parte: Magia Ceremonial

Desvelando la magia ritual, la historia de la magia aprendida y los secretos del ocultismo

Introducción

La magia ceremonial es una práctica altamente disciplinada que implica rituales y ceremonias para acceder al poder y la energía de los reinos espirituales más allá del alcance de las limitaciones humanas. Además, en el mundo moderno, la magia ceremonial implica la disciplina de uno mismo y la habilidad y el arte de controlar y dirigir el poder personal para lograr las propias necesidades o deseos.

La magia ceremonial consiste en extraer energía de la fuente ilimitada del poder cósmico para el bienestar de uno mismo, de los demás y de la humanidad en general. La magia ceremonial utiliza el poder de las palabras divinas y sus expresiones para convocar a seres espirituales como los ángeles y los arcángeles para buscar su ayuda. Además, las energías planetarias constituyen un aspecto importante en este ámbito de la magia.

Este libro fue escrito para ayudar a los principiantes a obtener una base sólida de la magia ceremonial y sus diversos componentes. Escrito en un lenguaje sencillo y fácil de entender, contiene numerosos métodos prácticos e instrucciones que pueden ser practicados regularmente.

El libro cubre todos los aspectos importantes de la magia ceremonial, desde sus antiguos orígenes, la historia, los rituales y ceremonias importantes, las herramientas mágicas utilizadas, y hasta la invocación de poderosos ángeles y arcángeles. Los pasos e instrucciones que llenan este libro guían a los lectores hacia la realización de poderosos rituales de destierro y meditaciones con regularidad, sentando las bases para una vida de magia ceremonial.

Hay múltiples técnicas perspicaces para mejorar las habilidades de visualización, crear talismanes y sellos, trabajar con seres angélicos y practicar la magia de forma ética, para el bienestar de uno mismo y de los que le rodean. Repleto de conocimientos ocultos y poderosos rituales, este libro está al día de los últimos avances en el mundo de la magia ceremonial.

Reúne una serie de técnicas y filosofías ocultas que ayudan a construir su poder en el campo de las artes esotéricas. Explorará las ideas y los rituales que han dado forma a la historia y a la práctica actual de la magia ceremonial. Este libro es como una ventana única para que los principiantes comiencen su fascinante viaje hacia la magia ceremonial. En unas pocas semanas de trabajo y práctica dedicados y disciplinados, usted podrá convertirse en un practicante.

Y desde una perspectiva práctica, este libro contiene muchas técnicas y métodos por los que puede hacer sus propios talismanes, sellos, realizar rituales de magia ceremonial, y mucho más. Puede hacerlos tanto para usted como para otros. Así que, pase la página y sumérjase en el maravilloso mundo de la magia ceremonial. Aprenda a utilizar su poder para el bien del mundo, en general, y para su propio bien, en particular.

Capítulo 1: Historia de la magia ceremonial

La magia ceremonial recibe muchos otros nombres, como alta magia, magia ritual y magia erudita. Como el nombre sugiere, la magia ceremonial se trata de complejos rituales y ceremonias. Una amplia variedad de accesorios y herramientas se utilizan para llevar a cabo estos rituales y ceremonias.

Inspirado en gran medida en los principios y creencias de la magia ritual, la magia ceremonial es un sistema ecléctico que toma ideas y conceptos de múltiples fuentes ocultas y filosóficas, incluyendo la magia enoquiana, la cábala hermética, thelema y los grimorios.

Hoy en día, la idea de la magia ceremonial encaja en lo que se conoce como esoterismo occidental y hermetismo. El concepto de magia ceremonial y su uso fue popularizado por la orden hermética de la aurora dorada. Veamos estos componentes de la magia ceremonial con un poco de detalle.

La orden hermética de la aurora dorada

La "aurora dorada", como se conocía popularmente a la orden hermética de la aurora dorada con sede en Gran Bretaña en los siglos XIX y XX, se centraba en el estudio, crecimiento y desarrollo del ocultismo y otras actividades paranormales. Este grupo se fundó sobre los principios combinados de la teurgia y el desarrollo espiritual.

La aurora dorada fue sin duda una de las sociedades más influyentes en el ocultismo occidental del siglo XX. Algunas de sus enseñanzas y aspectos mágicos se convirtieron en el punto de partida de muchas otras tradiciones, siendo la más popular la wicca.

Grimorios

Los grimorios son registros mágicos. Contienen detalles de experimentos mágicos, incluyendo instrucciones sobre cómo invocar seres espirituales, obtener poderes mágicos y realizar adivinaciones. También contienen reflexiones filosóficas. Los grimorios son diarios de los magos de la edad media. Se mantenían ocultos para evitar que los magos fueran perseguidos por la iglesia cristiana, que no veía con buenos ojos estas actividades por considerarlas no cristianas.

Incluso las iglesias y los rabinos guardaban registros de actividades demoníacas y exorcismos. Estos libros también contenían listas de ángeles y demonios, correspondencias astrológicas, instrucciones sobre el trabajo con hechizos, amuletos, mezcla de brebajes y medicinas, fabricación de talismanes e invocación de entidades elementales.

Magia enochiana

La magia enochiana fue definida, escrita y descrita en las obras de John Dee y Edward Kelly, ocultistas ingleses del siglo XVI. Se trata de un sistema de magia ceremonial que se caracteriza por invocar y ordenar a varios espíritus elementales. Tanto John Dee como Edward Kelly dejaron constancia de que estas instrucciones les fueron dadas directamente por varios ángeles. Los escritos de Dee contenían la escritura enochiana junto con su tabla de correspondencia que detallaba las conexiones y relaciones entre varios elementos mágicos como ciertas deidades, dioses, diosas, plantas, cuerpos celestes, piedras preciosas, perfumes, etc.

Aleister Crowley

Aleister Crowley (1875-1947) fue un prolífico escritor y novelista inglés, poeta, montañero, pintor y practicante del ocultismo. Fue un influyente miembro de la aurora dorada y fundó la religión de thelema, un sistema de creencias sincrético extraído de múltiples fuentes y de sus propias interpretaciones mágicas y filosóficas.

Aleister Crowley creía que era el profeta que había descendido al mundo humano para guiar a la humanidad hacia el siglo XX, o el "Eón de Horus", como le gustaba llamarlo. Acuñó el término "magia" y lo definió como el arte utilizado para provocar cambios según la propia voluntad. Se refería a la teoría como "alta magia" y a la taumaturgia como "baja magia".

Aunque en lugar de decir que "acuñó" el término magia, tiene más sentido decir que "reintrodujo y popularizó" la ortografía arcaica para discernir la forma auténtica de los reyes magos de los "falsos y falsificadores".

Comprender la magia

Aleister Crowley utilizó la grafía arcaica "magia" para diferenciar lo oculto de la magia de representación realizada por magos y artistas. La magia se define como el "arte y la ciencia de provocar cambios alineados con la propia voluntad" e incluye la magia ritual. Según Crowley, es posible cambiar las cosas si son naturalmente capaces de tales cambios.

Kenneth Grant (mago ceremonial inglés del siglo XX y destacado seguidor y defensor de thelema) y John Symonds (biógrafo, novelista y dramaturgo inglés del siglo XX) otorgan un significado más profundo a este marco del ocultismo.

Crowley creía que la magia es un paso esencial para que cualquier persona alcance una auténtica realización del yo, lo que, a su vez, es un elemento clave para llevar una vida conforme a la propia voluntad. Esta vida de autodescubrimiento y autoconciencia es lo que Crowley creía que era la reconciliación equilibrada entre "el destino y el libre albedrío".

Crowley definió la magia mediante un postulado y 28 teoremas. Su postulado afirma que cualquier cambio puede producirse aplicando adecuadamente el tipo y el grado de fuerza correctos, utilizando el medio y el objeto adecuados. La magia, según Crowley, es la ciencia y el arte de comprenderse a sí mismo y a sus condiciones. También es el arte de aplicar esa comprensión y ponerla en acción.

Crowley describió el proceso de la magia como un elemento importante en el camino del autodescubrimiento. "Con la magia", dijo Crowley, "todo ser humano puede, sin un ápice de duda, descubrir su ser más auténtico y el propósito de su vida. Con este conocimiento crítico, la persona puede deshacerse de las cosas que obstruyen y potenciar aquellas que le ayudan a llevar una vida con propósito y sentido. Debe seguir desarrollando aquellos aspectos de sí mismo que le ayudan a controlar su vida".

Edward Kelley y John Dee

También conocido como Edward Talbot, Sir Edwards Kelley (también escrito Kelly) fue un ocultista y médium espiritual del Renacimiento inglés del siglo XVI. Es más famoso por su trabajo en colaboración con John Dee, en el que investigaron el reino de la magia. Se cree que Kelley conocía el secreto de la alquimia (el estudio de la conversión de metales comunes en oro) y también se sabe que tenía el poder de la piedra filosofal. Además, era conocido por su capacidad para convocar e invocar espíritus y otras entidades de los reinos espirituales superiores.

Creía que los ángeles se comunicaban con él en un lenguaje especial llamado angélico, que más tarde se conocería como enoquiano. Transmitió estos mensajes a John Dee, quien los registró en sus libros. Se dice que los ángeles marcaban las letras en una compleja tabla de alfabetos similar a un crucigrama críptico. Dee veía a estos ángeles hablándole en el lenguaje críptico a través de una bola de cristal o, a veces, de un espejo. Dee tenía en alta estima estos mensajes angélicos por muchas razones, entre ellas:

- Dee creía que los mensajes eran un caso documentable de auténtica glosolalia, demostrando así que Kelley no era víctima de su imaginación, sino que realmente hablaba con ángeles.
- Se cree que los ángeles mencionaron que su idioma era el prototipo original del hebreo, la lengua utilizada por Dios para hablar con Adán, el primer ser humano.
- Los mensajes angélicos formaban un poderoso conjunto de conjuros que podían convocar a poderosos ángeles y seres angélicos para revelar secretos más allá de la comprensión de los simples seres humanos promedio.

Herramientas mágicas para la magia ceremonial

Las herramientas mágicas debidamente consagradas para un propósito(s) y ritual(es) particular(es) son aspectos esenciales de la magia ceremonial. La razón de su importancia es que estas herramientas simbolizan las necesidades metafísicas y/o psicológicas subyacentes, los rasgos de la personalidad y los aspectos de la vida del practicante, así como del buscador, permitiendo así la personalización del ritual.

Típicamente, las herramientas mágicas están encerradas en un círculo sagrado dibujado en el suelo. Tal y como describe Crowley en sus libros, el círculo sagrado suele contener herramientas mágicas típicas como un altar, copa(s), varita(s), espadas y/o dagas, inscripciones de los nombres de dioses y deidades relevantes, y un pentáculo.

Cada uno de estos elementos representa o simboliza diversos aspectos físicos y del mundo inferior del practicante y del buscador. Por ejemplo, una pequeña ampolla de aceite simboliza las aspiraciones del practicante de los rituales. El aceite se utiliza para consagrar todas las demás herramientas incluidas en el ritual, de modo que todas ellas se impregnen de las mismas aspiraciones. La daga o la espada garantizan que la intención del ritual no se vea afectada por influencias contaminantes. Se encendía un fuego mágico en el extremo oriental del altar, y todo se quemaba allí al final del ritual.

La magia ceremonial decayó en el siglo XVIII, y los rituales se perdieron y olvidaron. Permanecieron enterrados en las bibliotecas que contenían los libros. En 1801, Francis Barrett recopiló y publicó todos los conocimientos que sobrevivieron en un solo volumen.

No fue hasta mediados del siglo XIX que la magia ceremonial recibió otro soplo de vida después de que Eliphas Levi recopilara toda la información disponible en el campo y trabajara y retocara el sistema para hacerlo más compatible con la perspectiva cada vez más científica de la sociedad también. La aurora dorada fue uno de los resultados más famosos del trabajo duro y la determinación de Eliphas Levi.

Magia ritual en el mundo moderno

Antes del siglo XX, la magia ceremonial se caracterizaba por sus numerosos aspectos rituales, principalmente arraigados en la religión y las observancias religiosas. No anulaba las normas, reglamentos y observancias existentes en las religiones populares. Sin embargo, la magia ceremonial era bastante diferente de las religiones ortodoxas seguidas en el mundo occidental durante ese tiempo. La magia ceremonial era un intento de utilizar el poder de Dios para controlar y eliminar los espíritus malignos.

La magia ritual está volviendo a tomar el mundo por asalto a medida que la antigua sabiduría, combinada con el poder de la energía espiritual cósmica, se toma más en serio. Las brujas modernas han aprendido de sus abuelas y bisabuelas el arte de hacer magia para su propio bienestar y el de quienes buscan su ayuda.

Los altares mágicos llenos de flores, velas, imágenes descoloridas y fotos de antepasados, dioses y diosas venerados son una visión común en múltiples hogares modernos, ya que la gente está empezando a comprender y apreciar un mundo más allá del alcance de los limitados cinco sentidos que poseen los seres humanos.

Muchos magos y brujas con dotes naturales salen del armario mostrando con orgullo su poder y habilidades espirituales como trabajadores corporativos de día y chamanes y magos de noche. Un número cada vez mayor de personas recurre a los poderes de la sabiduría ancestral, incluyendo la brujería y la magia, tratando de dar sentido a un mundo siempre cambiante.

Todas las brujas, magos, chamanes y psíquicos trabajan con la energía de la naturaleza y sus ciclos, incluidos el movimiento y los ciclos de la luna, el sol, las estaciones y los planetas. Las interpretaciones pueden variar de una persona a otra y de una práctica a otra, pero los elementos básicos siguen siendo los mismos.

Técnicas de Magia

La magia puede utilizarse y verse de diferentes maneras. Para reiterar, la magia se define como una acción voluntaria hacia un cambio deseado o pretendido. También se considera un conjunto general de métodos que pueden ayudar a realizar un gran trabajo utilizando herramientas místicas y el poder innato de las personas. La magia adopta formas prácticas en el mundo real de diversas maneras, como la invocación, el destierro, los rituales eucarísticos, la evocación, la purificación y la consagración, el viaje astral y la adivinación. Veamos aquí algunas formas de magia:

Destierro. La creencia de la magia es que todas las cosas en el cosmos, incluyendo los cuatro elementos, es decir, el aire, el agua, la tierra, el fuego, los signos del zodiaco y otros espacios astrales, son formas de energía. Además, también existen espíritus, formas de energía no humanas e inteligencia más allá de la vida humana. Los rituales de destierro se realizan para eliminar las energías y fuerzas que interfieren.

El propósito principal de un ritual de destierro es deshacerse de espíritus y energías que interfieren y tienen efectos conflictivos en los resultados deseados. A menudo, los rituales de destierro se llevan a cabo al comienzo de todos los demás rituales mágicos para purificar las fuerzas negativas circundantes. Sin embargo, también se pueden hacer para desterrar espíritus y seres negativos de la vida de uno.

El área de efecto de un ritual de destierro puede ser el espacio utilizado para el ritual (normalmente marcado por un círculo), una habitación o casa, o una persona específica afectada por espíritus demoníacos. Los rituales de destierro no solo limpian la zona de espíritus que interfieren y de fuerzas negativas, sino que también ayudan a calmar la mente del practicante y a crear una sensación de limpieza en su ser y en su entorno. Dos de los rituales de destierro más utilizados son:

- El ritual de destierro menor del pentagrama
- El rubí estrella

Purificación - Los rituales de purificación son similares a los rituales de destierro. La principal diferencia es que los rituales de purificación son procesos más intensos y rigurosos que preparan al practicante y al espacio ritual sagrado para un trabajo ritual importante. En la antigüedad, los practicantes de rituales empleaban métodos de purificación intensos como el ayuno y la privación del sueño durante largos períodos, la abstinencia completa de todos los placeres físicos, especialmente el sexo, dormir sobre suelos duros, vivir como un ermitaño en el desierto, etc.

Sin embargo, la magia no necesita de estos arduos métodos porque es posible limpiarse y purificarse mediante el uso de la voluntad. El practicante trabaja deliberadamente para purificar su mente y su cuerpo de todas las influencias y efectos que puedan interferir con el ritual.

Consagración - En magia, la consagración es el proceso de dedicar un ritual, objeto o espacio para un uso específico.

Invocación - Es el proceso de invocar o llamar a una deidad particular o a múltiples deidades y espíritus para que formen parte del ritual. Cuando esto ocurre, el practicante pierde su sentido del yo y sigue las obras y el dictado del ser espiritual invocado, que tiene un nivel de inteligencia superior al de los seres humanos y ve y siente mucho más de lo que nosotros podemos. La invocación suele ser de tres tipos, a saber:

- **Devoción.** Donde se invoca a la deidad espiritual, espíritu o dios a través de la entrega completa e incondicional.
- **Llamada al frente**. Cuando se llama al espíritu concentrándose en un objeto particular, un propósito o una parte del cuerpo del practicante.
- **Drama**. Este tipo de invocación se realiza alcanzando la simpatía de los espíritus.

Otra forma practicada para la invocación se realiza asumiendo la forma de los dioses o diosas que se pretende invocar.

Eucaristía - Este ritual mágico transforma objetos ordinarios (a menudo comida y bebida) en sacramentos divinos. La comida y la bebida se infunden con ciertas propiedades, específicamente el poder de los dioses y los espíritus que se buscan, y cuando estos comestibles infundidos de poder se consumen, la energía se transfiere a las personas que los comen.

Adivinación - La adivinación es una forma de trabajo mágico que se realiza para obtener información que normalmente estaría fuera del alcance de los seres humanos normales. El adivinador se dirige a seres inteligentes a través de un lenguaje simbólico para obtener información precisa. Una diferencia clave entre la adivinación y la adivinación es que esta última consiste en averiguar detalles sobre el futuro, mientras que la adivinación consiste en descubrir información oculta sobre el estado de las cosas y su naturaleza. Esto permite al practicante obtener una mayor comprensión y mejorar sus elecciones.

En resumen, la magia ceremonial se basa en complejos rituales y cuenta con numerosas ceremonias. La magia ceremonial se basa en la idea de que es posible cambiar los objetos según la propia voluntad.

Capítulo 2: Desbloquear la mente

Este segundo capítulo se centra en la meditación y la visualización, ya que son importantes para cualquier tipo de práctica ritual. Antes de continuar, dediquemos algún tiempo a los poderosos efectos de la meditación y la visualización para el autodescubrimiento y la superación personal. Estos son elementos clave para aprender y dominar la magia ceremonial.

Beneficios de la meditación

La meditación atrae energía positiva. Estamos continuamente creando energía (positiva, negativa y neutra) a lo largo del día. Todo lo que decimos, hacemos o pensamos emite energía y vibraciones hacia el mundo y atrae vibraciones hacia nuestro cuerpo y mente. Cuando usted se concentra en pensamientos positivos, entonces atrae vibraciones positivas. Cuanto más practique la meditación, más energía positiva atraerá, lo que le permitirá vivir la vida de formas inimaginablemente maravillosas.

La meditación despierta y refuerza su intuición. La intuición no es un concepto vago y poco claro. Es una parte real de los seres vivos con la que todos nacemos. La intuición juega un papel importante en el dominio del arte y la ciencia de la magia ceremonial. La meditación es una de las técnicas más poderosas para construir conexiones profundas con su intuición.

La meditación ayuda a acallar el parloteo de su mente. Nuestras cabezas están siempre llenas de pensamientos, y la mayoría de ellos van y vienen subconscientemente. En consecuencia, nos resulta difícil escuchar los mensajes sutiles que nos envía el universo de muchas maneras. Estos mensajes sutiles le ayudan a conectar con los espíritus y los seres energéticos de los planos superiores de conciencia. Cuanto más tranquila se vuelva su mente, más fácilmente podrá conectar con los seres inteligentes superiores.

La meditación le hace comprender que todos somos uno. La meditación le enseña a ver las cosas desde diferentes perspectivas. Cuantas más capas vea de un objeto o pensamiento, más se dará cuenta de que está profundamente conectado con todo lo que tiene cerca. A medida que expanda su conciencia y avance hacia técnicas de meditación que involucren a todo el cosmos, se dará cuenta de que todo el cosmos es un solo elemento. Todos estamos interconectados, y es posible dar o tomar energía hacia y desde los demás y hacia y desde otros reinos de conciencia.

Beneficios de la visualización

Usted puede relajar su cuerpo y su mente - El cerebro humano experimenta la imaginación del mismo modo que la realidad. Por ejemplo, si puede cerrar su mente y visualizar que está sentado en una hermosa playa con infinitas aguas azules frente a usted, el cerebro reacciona como si realmente estuviera sentado en ese lugar. Este poder de visualización es el que le ayuda a calmar su cuerpo y su mente. La calma es un elemento clave para dominar la magia.

Usted puede crear resultados mejorados - Cuando visualiza algo en su mente, la imagen se almacena en su subconsciente. Esto, a su vez, hace que su mente consciente empuje a su cuerpo a trabajar para que la imagen que está visualizando se haga tangible en el mundo real.

La visualización es meditativa y mística - La visualización es una práctica puramente espiritual. Las visualizaciones precisas despejan su mente de pensamientos confusos y, a su vez, su mente profundiza en su ser interior. Cuanto más profundo ahonde, más conectado estará con su poder superior, un elemento crítico para conectar con los seres de los reinos superiores de la conciencia.

La visualización mejora los sueños lúcidos - Los sueños lúcidos son una poderosa técnica mediante la cual puede ser consciente de sus sueños y utilizarlos para tomar decisiones informadas. Los sueños son puertas de comunicación entre nuestro mundo y los planos superiores de conciencia.

Técnicas sencillas de meditación respiratoria para guiar la mente

Las meditaciones centradas en la respiración son, quizás, la forma más fácil y una de las más eficaces de calmar y guiar la mente. Veamos algunas de las técnicas de meditación más populares y utilizadas.

Shamatha

Arraigada en el budismo, la palabra shamatha se traduce como "permanecer pacíficamente". Esta técnica se basa en la conciencia del ritmo, el flujo y la profundidad sin cambiar conscientemente ninguna parte. Es una técnica muy utilizada en la práctica de la atención plena. Es una forma de revigorizar o reiniciar la mente en la que se devuelve la mente y los pensamientos al momento presente. Centrarse en la respiración es una forma eficaz de familiarizarse con uno mismo, especialmente con su auténtica naturaleza interior. Siga estos pasos para realizar la meditación respiratoria shamatha:

- Siéntese en cualquier posición cómoda sintiendo el peso de su cuerpo en los glúteos.
- Enderece suavemente la parte superior del cuerpo para mantener la cabeza, el cuello y la columna vertebral lo más erguidos posible. No se obligue a ponerse rígido innecesariamente. Sea amable consigo mismo.
- Suavice la mirada sobre cualquier objeto que tenga delante e intente fijar los ojos en él.
- Ahora, concéntrese en el ritmo natural de su respiración. Observe cómo sus fosas nasales se mueven hacia dentro y hacia fuera mientras respira.
- Sienta cómo su estómago se expande y se contrae a medida que respira de forma natural.
- Cuando sus pensamientos se desvíen (y sin duda lo harán), vuelva a centrar su atención en la respiración devolviendo su atención a las sensaciones físicas de la respiración.

Curiosamente, también puede practicar el shamatha en posición de pie. Asegúrese de que siente sus pies apoyados firmemente en el suelo y repita los pasos anteriores. Practique esta técnica en cualquier momento y lugar. Puede hacerlo siempre que se sienta abrumado, demasiado estresado o simplemente aburrido. Su mente volverá al presente, y usted será consciente de sí mismo y de su entorno. Poco a poco, el estrés, la ansiedad y el aburrimiento desaparecerán y se encontrará renovado y listo para afrontar los retos del día.

Técnica de respiración con diafragma

Esta técnica tiene sus raíces en el yoga kundalini, una importante práctica del hinduismo. La palabra kundalini se traduce como "la fuerza vital que permanece dormida en la base de la columna vertebral". Las técnicas de respiración diafragmática están diseñadas para activar los centros críticos de la respiración situados en todo el cuerpo con el propósito final de activar la fuerza vital latente que reside en la base de la columna vertebral.

La respiración diafragmática enseña a respirar correctamente y a fortalecer el diafragma. Esta forma de respirar mejora la entrada de oxígeno, reduciendo así la presión sobre los órganos que requieren oxígeno. También se encarga de exhalar la máxima cantidad de toxinas del cuerpo. Siga estos pasos para una sesión de meditación sobre la respiración del diafragma eficaz:

- Puede sentarse o tumbarse en cualquier posición cómoda. El reto de estar acostado, especialmente para los novatos, es que es fácil quedarse dormido durante la sesión. Por lo tanto, tiene sentido empezar en posición sentada, y cuando se haya adquirido experiencia, entonces se puede utilizar la posición recostada. Sin embargo, cabe destacar que se trata de una excelente herramienta de meditación que se utiliza justo antes de dormirse y que puede incluso contrarrestar el insomnio.
- Coloque una mano en el estómago y la otra en el pecho.
- Inhale por las fosas nasales. Sienta cómo su estómago se expande hacia fuera por debajo de su mano. En este momento, asegúrese de que la mano sobre el pecho está lo

más quieta posible.

- Exhale por las fosas nasales y sienta cómo el estómago que se expande se contrae hacia dentro desde debajo de la mano.
- Utilice respiraciones profundas para que esta técnica llene sus pulmones con más oxígeno y exhale más dióxido de carbono que la cantidad habitual que se produce con la respiración normal e inconsciente.
- Practique esta técnica durante 5 o 10 minutos, de tres a cuatro veces al día.

Técnica de respiración con la nariz alternada

Esta técnica de meditación está diseñada para "purificar" su canal respiratorio e implica una respiración controlada. Se centra en el cuerpo y ayuda a encontrar el equilibrio interno, incluido el equilibrio del hemisferio izquierdo, lógico y analítico, y el hemisferio derecho, creativo y emocional, del cerebro. Como su nombre indica, esta técnica requiere que cierre una fosa nasal mientras respira por la otra, y este proceso se repite alternándolas. Siga estos pasos:

- Siéntese en cualquier posición cómoda. Coloque la mano derecha sobre la rodilla derecha.
- Coloque el pulgar izquierdo en la fosa nasal izquierda e inspire por la fosa nasal derecha.
- Ahora, cierre la fosa nasal derecha con el dedo anular izquierdo y exhale por la fosa nasal izquierda.
- Repita esta operación de 5 a 10 veces en cada fosa nasal.
- Realice esta técnica una o dos veces al día durante unos 15 minutos.

Técnica de respiración cuádruple

Esta técnica es especialmente útil para los practicantes de la magia ceremonial porque se ocupa de la respiración consciente y hace que uno sea consciente de los patrones de pensamiento de la mente, especialmente los negativos. También llamada técnica de respiración de los cuatro elementos, esta práctica utiliza el poder de los cuatro elementos, es decir, tierra, aire, agua y fuego. Funciona de forma excelente para la conexión a tierra, un paso preparatorio habitual que forma parte de la mayoría de los rituales y ceremonias. Comience por sentarse cómodamente con los ojos cerrados.

Elemento tierra - Comenzamos con el elemento tierra. Centre su atención en los pies y tome conciencia de su presión sobre el suelo. Si está sentado, sienta la presión de sus glúteos sobre el cojín, el sofá o la silla. Concéntrese en los puntos de contacto en los que su cuerpo está en contacto con la tierra. Permanezca en esta conciencia durante unos minutos.

Otro aspecto del elemento tierra es el sonido. Así que, a continuación, concéntrese en los sonidos que oye a su alrededor. Pueden ser los sonidos de los vehículos y sus bocinas entrando por las ventanas y puertas, el sonido del reloj de pared, el sonido de la televisión desde otra habitación, el sonido de su respiración, el sonido de la voz (si está usando una cinta de meditación). Tome conciencia de todos los sonidos que escuche y permanezca con esta conciencia durante un rato.

Elemento aire - El segundo es el elemento aire, para el que debe centrarse en su respiración. Utilice la técnica de respiración shamatha mencionada anteriormente y simplemente concéntrese en el ritmo natural de su respiración sin forzarla ni controlarla. Como alternativa, puede utilizar la técnica de respiración cuadrada, que es algo así:

- Inhale a la cuenta de cuatro; uno, dos, tres, cuatro
- Exhale a la cuenta de cuatro; uno, dos, tres, cuatro

Realice esta meditación respiratoria durante unos 3 minutos antes de pasar al siguiente elemento.

Elemento agua - Para ello, hágase la boca agua pensando en alguna comida deliciosa o en cualquier otra cosa que produzca el mismo efecto. Cuando su sistema nervioso está en reposo y en modo digestivo, el agua (o la saliva) llega automáticamente a su boca. Esto forma parte del proceso digestivo natural. Cuando usted atrae intencionadamente la saliva a su boca de esta manera, su sistema nervioso le indica que está en reposo y se siente tranquilo.

Elemento fuego - El elemento fuego se invoca "encendiendo" su imaginación a un lugar de paz y calma. Puede ser cualquier lugar que haya visitado o que desee visitar. El lugar en su mente debe evocar la paz, la calma y la sensación de estar asentado y feliz. Encierre el lugar en su cabeza, y ahora encienda su imaginación.

En primer lugar, observe las vistas, los colores y las texturas que pueblan la escena en su cabeza. Observe las imágenes relajantes y tranquilizadoras. A continuación, escuche los sonidos de ese lugar. Si se trata de una playa tranquila, escuche el sonido de las olas golpeando suavemente la arena y las rocas. Escuche el sonido de las gaviotas volando. Escuche el sonido de los chillidos de un grupo de niños felices jugando en la playa.

A continuación, concéntrese en los olores y aromas. Huela las flores, el viento, el aroma de la comida del picnic, el aire salado, los peces, otros animales marinos y las algas. A continuación, preste atención al tacto. ¿Qué siente su piel? ¿El tacto de su ropa? ¿El tacto de un ser querido? ¿El beso de un amante? ¿El abrazo de su hijo? ¿El aire caliente y húmedo o el aire frío y fresco?

Cuando esté satisfecho con su meditación, vuelva a centrar su atención lentamente en el momento presente. Abra los ojos suavemente y deje que su cuerpo y su mente tomen conciencia del mundo físico.

Técnicas de visualización para guiar y calmar la mente

Las técnicas que se mencionan a continuación son excelentes para calmar la mente y deshacerse de los pensamientos no deseados con el fin de centrarse en lo que hay que hacer.

La ventana insonorizada de doble cristal - Esta técnica funciona muy bien cuando se siente ansioso y bombardeado por pensamientos implacables e intrusivos. Cierre los ojos e inhale profundamente. Imagine que un grupo de personas parlotea ruidosamente frente a su ventana. Ahora, mire su ventana y compruebe que está insonorizada y que tiene dos cristales.

Acepte y sepa que puede acallar el ruido del exterior de la ventana simplemente cerrándola. Así que imagínese yendo hacia la multitud ruidosa y cerrando la ventana. Visualice que las voces se van apagando cada vez más hasta que se callan por completo. El molesto parloteo de su mente se silencia.

Técnica de la escena de la playa tranquila - Imagine que está sentado en una hermosa playa de arena blanca. El agua del mar es de un hermoso color turquesa. El cielo es claro y azul. Las olas golpean suavemente la arena.

Imagine que se hunde en un cómodo asiento bajo una sombrilla. Imagine que sus pies se hunden en la cálida arena. Lentamente, cierre los ojos y visualice que toda la tensión abandona su cuerpo. Imagine que se vuelve más ligero y que respira en sintonía con el chapoteo de las olas.

Purga, técnica de la señal de alto - A menudo, nos sentimos abrumados por pensamientos no deseados. Para detener esos pensamientos, siga los siguientes pasos:

- Imagine una gran señal de alto roja en una carretera vacía. El cielo es claro y hermoso.
- Concéntrese en la señal roja de alto y diga con un tono de voz elevada "ALTO" tres veces.
- Observe cómo todos sus pensamientos no deseados se detienen en su camino y vuelven sobre sus pasos lejos de usted.

Técnica de la luz azul - Las visualizaciones ligeras pueden calmar muy bien su mente. Esta técnica es ideal para utilizarla antes de empezar una tarea grande e importante. Visualice lo siguiente:

- Imagine que un orbe de luz azul le rodea.
- Inhale esa luz azul e imagínela llenando su cabeza.
- Imagine que la luz va a cada pequeña grieta y rincón de su cuerpo, sacando todas las tensiones y ansiedades.
- A continuación, visualice que todas estas tensiones acumuladas salen de su cuerpo en forma de humo negro. Observe cómo este humo negro se disuelve frente a usted.
- Siga visualizando esta escena hasta que su cuerpo se llene de luz azul y no quede humo negro. Después, su mente estará en paz y se sentirás tranquilo.

Atención plena para desbloquear la mente

Tratar de calmar la mente no es mantenerla "quieta e inmóvil", sino intentar evitar que nuestros pensamientos nos distraigan o evitar que nuestros pensamientos nos desafíen a profundizar en nuestro interior, evitar que nuestros pensamientos accedan a nuestra mente subconsciente en lugar de permanecer en la superficie de nuestra mente consciente. El comienzo de este viaje es la atención plena, en la que aprendemos a vivir y a comprometernos con cada momento de nuestra vida sin concesiones.

Vivir con atención plena hace que nuestros sentidos se agudicen y sean poderosos, ayudándonos a estar alerta y vivos ante cada experiencia que nos ocurre y que nos rodea. Podemos absorber estas lecciones como una esponja y utilizarlas para acercarnos a nuestro ser interior y a nuestro poder interior. He aquí algunos hábitos diarios que le ayudarán a llevar una vida de atención plena y, en el proceso, le ayudarán a verse a sí mismo en su forma más auténtica, no contaminada por los acontecimientos y experiencias externas.

Siéntese con sus pensamientos cada mañana - La mañana es uno de los mejores momentos para practicar la atención plena. Siempre es un momento tranquilo, ya que la mayoría de la gente sigue durmiendo. Así que, en lugar de salir corriendo de la cama y seguir con su rutina matutina, quédese en la cama y esté presente con sus pensamientos. No intente detenerlos. No trate de responder a ellos. Simplemente, acompáñelos.

Por ejemplo, está pensando en su lista de tareas del día. Deje que el pensamiento venga, deje que llegue a su punto máximo y luego déjelo ir. Cuando sienta que sus pensamientos le dejan ser, simplemente respire, diga una palabra de agradecimiento por el nuevo día y salga de la cama. Esta pequeña actividad marca el tono del día.

Estas técnicas de respiración y visuales están diseñadas para ayudarle a conseguir una profunda sensación de calma y paz. Despejan un sinfín de pensamientos desordenados, permitiéndole construir una intensa concentración en una cosa a la vez, un rasgo clave necesario para realizar una poderosa magia. Calmar su mente para que pueda guiarla a su lugar de elección es uno de los bloques de base más importantes para la realización de la magia.

Coma sus alimentos de forma consciente - ¿Recuerda la última vez que disfrutó de su comida sin la molestia de estar hablando por teléfono, viendo la televisión o charlando con la gente? La mayoría de nosotros tratamos la hora de la comida con mucho menos respeto del que deberíamos. Las comidas se hacen casi siempre de pasada, y se han convertido en algo que hay que hacer, y ya está.

La alimentación consciente consiste en poner toda la atención en la experiencia de comer. Se trata de ser consciente de la textura, el color y el sabor de la comida en el plato. Se trata de ser capaz de discernir los ingredientes que se han utilizado en los platos. Se trata de comer lenta y deliberadamente para poder apreciar cada bocado que se da.

Comer lenta y deliberadamente no solo ayuda a su mente a calmarse (que es uno de los resultados importantes de una pausa para alimentarse), sino que también ayuda a mejorar su digestión. Así que, a partir de su próxima comida, recuerde estar atento a la actividad. Apague las notificaciones del móvil y otros dispositivos electrónicos y concéntrese en la comida.

Interactuar con la naturaleza - Pase tiempo al aire libre. Dé un paseo por su localidad. Observe a la gente y las cosas en las que no se había fijado antes. Siéntese en el parque de su vecindario y observe los pájaros, las flores, las plantas, etc. Perciba los olores que se cuelan en el aire. Sienta el tacto del aire fresco en su piel. Quítese el calzado y sienta la tierra que hay debajo.

Sea consciente de sus sentimientos - Las emociones desempeñan un papel muy importante en la forma en que llevamos nuestra vida. Tanto si se trata de felicidad como de tristeza, las emociones, la mayoría de las veces, deciden nuestros comportamientos y actitudes, especialmente cuando no somos conscientes del impacto de esos sentimientos. Estar atento a las emociones consiste en ser consciente de su presencia.

La próxima vez que se sienta feliz, dé un paso atrás y piense por qué está feliz. Concéntrese en sus sensaciones corporales. ¿Le late el corazón más rápido de lo normal? ¿Le apetece hacer algo irracional, algo que no habría hecho en otras circunstancias? Concéntrese en estos pensamientos y, cuando lo haga, se dará cuenta de que la intensidad del sentimiento ha disminuido. Por supuesto, algunos sentimientos tardan más en remitir. Pero, en la mayoría de los casos, fluyen más rápido de lo que cree.

Cuando el sentimiento se haya desvanecido, vuelva a los motivos de su felicidad. ¿Siguen siendo válidas esas razones? No hay respuestas correctas o incorrectas en este ejercicio. Solo se trata de impulsarle a pensar profundamente en sus experiencias vitales para que mejore su autoconocimiento y, con él, su capacidad de acceder a las partes más profundas de su mente.

La meditación, la atención plena y las técnicas de visualización son herramientas poderosas para desbloquear su mente. Cuanto más profundo se sumerja, más poder tendrá sobre sus rituales y ceremonias. Su conexión con los reinos superiores de la conciencia mejora con cada nueva llave que encuentra para desbloquear su mente.

Capítulo 3: Alquimia del alma

"El sueño es la pequeña puerta oculta en el santuario más profundo e íntimo del alma".

-Carl Jung

Para la mayoría de la gente, la palabra alquimia evoca imágenes de pociones y lociones. En épocas anteriores, especialmente durante la edad media, el objetivo principal de la alquimia era transmutar metales comunes y corrientes en oro. Gracias a este confuso concepto, la percepción de la alquimia es errónea en el mundo actual. Se considera una pseudociencia con el único objetivo, no científico, de convertir todos los metales en oro.

Sin embargo, en el mundo del ocultismo y las artes esotéricas, la alquimia no representa ninguna de estas dos ideas. Tiene un significado totalmente diferente. La alquimia, en el ocultismo, trata de transmutar aquellos aspectos de nuestra vida que ya no nos sirven o no sirven para nada en algo más productivo y útil para nosotros. Por ejemplo, la práctica de la atención plena es una forma de transmutarnos a nosotros mismos de manera que veamos las situaciones en su verdadera luz y las aceptemos tal y como son sin intentar cambiarlas. Este capítulo trata de la alquimia del alma o alquimia espiritual.

Entendiendo la alquimia espiritual

La alquimia espiritual es la psicología espiritual que se ocupa de la transformación y transmutación de su alma. Trata de liberar su alma espiritual que está atrapada en el interior por numerosas capas no refinadas de su personalidad, incluyendo las creencias que le limitan, los miedos, el odio a sí mismo, los límites sociales, las expectativas y mucho más. Hay muchas maneras de liberar su alma, y, por lo tanto, la alquimia espiritual es multifacética.

Independientemente del camino que se tome, el propósito central de la alquimia espiritual es el mismo, y es liberarlo de sus heridas más profundas, de sus creencias autolimitantes y de otros rasgos de personalidad autodestructivos que ha acumulado involuntariamente a lo largo de los años. La alquimia espiritual es un intento de reestructurar y reformar su personalidad y las capas de identificación, prejuicios y apegos que posee.

El objetivo final de la transformación es existir en su "forma pura" y ser completamente consciente de su alma. La conciencia del alma es la etapa final de la alquimia espiritual. Cuando se logra el objetivo de la alquimia espiritual, entonces puede vivir su vida en total libertad y sin obstrucciones.

Este capítulo comenzó con una cita de Carl Jung, ya que fue él quien mantuvo vivo el interés por la alquimia, y gracias a él, el interés por la alquimia espiritual sigue creciendo hasta nuestros días. Utilizó mucho simbolismo alquímico para llegar a sus teorías, creando así un camino sofisticado y a la vez colorido a través del cual podemos aprender a "salir de nuestro propio camino". Este camino nos enseña a evitar convertirnos en nuestros propios enemigos y, en última instancia, nos ayuda a alcanzar todo nuestro potencial.

Las siete etapas de la alquimia espiritual

En latín, un interesante proverbio alquímico, "solve et coagula", se traduce como "disolver y coagular". Significa que hay que "descomponer y separar" las cosas y luego "volver a reunirlas" en una forma diferente, mejor o más elevada. En el caso de la alquimia convencional, la "forma superior" es el oro.

Este proverbio es excelente para seguir y aprender del mundo de la psicología también. En psicología, el significado de este término es muy profundo. El oro representa la vocación interior. La alquimia espiritual simboliza nuestros esfuerzos por eliminar nuestras limitaciones físicas y externas, los límites y las partes limitantes de nuestra personalidad para experimentar la transformación espiritual. Entonces nos "coagulamos" en un nuevo ser libre de los elementos obstructivos que tenía nuestra personalidad anteriormente. A continuación, se describen las siete etapas por las que hay que pasar antes de lograr la transformación total.

1. Calcinación

En un laboratorio científico, cuando se calcina algo, se intenta descomponer la sustancia en sus componentes brutos. En el mundo de la psicología, la calcinación es el proceso de descomponer las partes obstructivas de nuestra personalidad. Estas partes se interponen en el camino de nuestra propia felicidad. Un ejemplo clásico es que a menudo preferimos ser "correctos" o "perfectos" en lugar de ser simplemente felices. Esta actitud limitante nos impide explorar los aspectos descuidados de nuestra personalidad.

En la primera etapa del proceso de alquimia espiritual, comenzamos el proceso de descomposición. Las emociones, los comportamientos y los rasgos limitantes de la personalidad que se autosabotean, como la vanidad, el egoísmo, la terquedad, etc., se van calcinando lenta pero inexorablemente hasta que se erradican por completo de nuestro cuerpo y nuestra mente. Cuando la calcinación es un éxito, llegamos a ver nuestro verdadero yo debajo de todas esas capas oxidadas.

2. Disolución

Con la calcinación llega nuestra capacidad de vernos objetivamente, sin prejuicios. La etapa de disolución implica el desprendimiento de nuestro yo auténtico del yo condicionado, orgulloso y egoísta. Podemos reducir el impacto de nuestro ego, que representa nuestro yo inauténtico. Podemos vernos a nosotros mismos sin la lente coloreada de nuestro ego. De este modo, obtenemos una perspectiva sin juicios de nuestras cualidades positivas y negativas. Además, adquirimos el poder de asumir la responsabilidad de nosotros mismos y de nuestras acciones buenas y malas.

Darse cuenta de cómo nuestros comportamientos y actitudes afectan a los que nos rodean es el primer paso hacia la madurez espiritual. Es el primer paso del proceso de despertar espiritual. Como futuros practicantes de la magia, esto se convierte en una etapa crucial que hay que pasar para liberarse de las garras de las negatividades y de las energías limitantes que, de otro modo, pueden ser puestas a buen uso en sus rituales y ceremonias.

3. Separación

Aislar nuestros pensamientos y emociones es un paso esencial para lidiar con el sufrimiento y es un aspecto importante de dejar ir. No puede perdonar a las personas que le han hecho daño si no suelta el resentimiento de su corazón. Lo contrario también es cierto. Cuando usted perdona a alguien, puede dejar ir el resentimiento contra esa persona.

Con el resentimiento eliminado y las emociones manejadas sabiamente, identifica su auténtico estado emocional. Al separar las emociones de los pensamientos, se da el espacio y la energía necesarios para aceptar todas las emociones negativas sin reaccionar ni juzgarlas de ninguna manera.

Este acto contrasta con el viejo hábito de simplemente intentar "perdonar y olvidar" porque "la sociedad espera que lo haga" o porque "es lo correcto". Este viejo hábito le impide permitir que sus sentimientos salgan a la superficie y se separen. En cambio, estos sentimientos se quedan dentro y añaden capas limitantes a su personalidad.

El trabajo de sombras en el reino de la magia está profundamente conectado con el proceso de separación. En el trabajo de sombras, el practicante saca los pensamientos y las emociones de debajo de la alfombra para poder tratarlos objetivamente. Esto, a su vez, nos ayuda a vernos a nosotros mismos y al mundo que nos rodea con la perspectiva correcta, sin estar nublados por sesgos y prejuicios.

Conjunciones

Las tres primeras etapas representan la purificación y la clarificación de la mente y el cuerpo. La siguiente etapa implica una cuidadosa combinación de los elementos restantes que forman nuestra personalidad, y esta etapa de combinación se llama conjunción. En las etapas anteriores, separamos y aislamos nuestros pensamientos y sentimientos para prepararnos a aceptarlos y tratarlos.

En esta etapa, conseguimos el espacio necesario para aceptar completamente y sin reparos nuestro auténtico yo, permitiendo que los elementos inconscientes se incluyan en nuestra conciencia.

En esta etapa, hay que dedicar tiempo a la soledad y a la introspección. Las técnicas de meditación y visualización explicadas en el capítulo anterior serán de inmensa utilidad en esta etapa. Además, debe empezar a escribir un diario para poder registrar sus pensamientos, sentimientos y acciones posteriores. Otra sección de este capítulo le ofrece ideas y consejos sobre cómo llevar un diario.

1. **Fermentación**

¿Cómo se convierte la uva en vino? Descomponen sus azúcares y luego se someten a la fermentación. La fermentación es el inicio de cualquier proceso de renacimiento. Es el trabajo realizado sobre uno mismo y la experiencia del nuevo yo "refinado". El viejo yo, compuesto por los viejos elementos de nuestras mentes subconsciente y consciente, se descompone y muere por "putrefacción".

Cuando estos elementos mueren, se desprende una capa densa y molesta de nuestro yo egoísta, lo que nos permite tener una perspectiva refrescante y totalmente nueva del mundo. Un subproceso de la fermentación se llama *espiritización,* en el que se eliminan de nuestro sistema todos los elementos podridos y muertos que ya no sirven a nuestro propósito.

2. **Destilación**

Cuando alcanzamos este primer nivel de paz interior, la siguiente etapa es la destilación, que implica una mayor purificación. En esta etapa, debemos trabajar para integrar todas nuestras realizaciones espirituales y las lecciones de nuestro viaje de autodescubrimiento para hacerlas permanentes en nuestras vidas.

Una de las formas más fáciles de hacerlo es aprender a vivir cada día desde un lugar de paz interior. Durante esta etapa puede utilizar varias prácticas como el yoga, la meditación de atención plena y otros métodos de autodescubrimiento para destilar su alma hasta su estado auténtico y no adulterado.

3. **Coagulación**

En la ciencia, la coagulación es la forma en que la sangre forma coágulos de forma natural para evitar hemorragias. Desde una perspectiva de alquimia espiritual, la coagulación es el proceso de abrir nuestra cabeza, liberarnos de nuestra mente y sus poderes de control, y permitir que nuestra alma se conecte con el último y único espíritu cósmico. Vemos el espíritu en su forma pura.

En la etapa de coagulación, no hay separación entre el mundo físico y la realidad espiritual. Nos damos cuenta de que son reflejos el uno del otro, y lo que ocurre en un mundo impacta y afecta al otro. En esta etapa es cuando la magia poderosa e inimaginable se hace posible.

La importancia de escribir un diario y cómo hacerlo

Llevar un diario es una parte importante del autocuidado y la espiritualidad. Llevar un diario, que equivale a dar forma tangible a sus pensamientos mediante palabras, puede enriquecer su vida. Mejora el bienestar emocional y mental. Desde el punto de vista espiritual, el diario actúa como una puerta de entrada a su ser interior, que recibe otros nombres, como alma o ser superior. Estos son algunos consejos para convertir en un hábito el escribir en su diario y mantenerlo.

Céntrese en las preguntas básicas: cuando escriba su diario, evite tratar de encontrar respuestas a preguntas complicadas. Limítese a preguntas básicas como las siguientes:

- ¿Qué estoy sintiendo ahora?
- ¿Qué estoy pensando ahora?
- ¿Por qué siento o pienso así?

Comience con las preguntas básicas anteriores, y se sorprenderá de dónde y cómo se desplaza su mente. Anote los pensamientos que le vienen a la mente y los que se van.

Cree el hábito de escribir en su diario; escribir en su diario un día y luego olvidarse de hacerlo durante toda una semana no le llevará a ninguna parte. Es vital que cree un hábito de escribir en su diario para aprovechar todos sus poderes. Por ejemplo:

Cree una alarma diaria para su tarea de escribir en el diario. Dígase a sí mismo que escribirá entradas en su diario junto con la merienda o incluso antes. También puede dejar la actividad para justo antes de acostarse por la noche. Pregúntese dónde y cómo puede encajar el diario en su rutina diaria.

Una vez que haya decidido cuándo encajar la actividad, trabaje para convertirla en una rutina, cada día, haga la actividad a la misma hora, en el mismo lugar y de la misma manera. En las etapas iniciales, no se preocupe excesivamente por la duración. Incluso si puede hacerlo durante 1 minuto, hágalo. A medida que se vaya acostumbrando a la rutina, encontrará tiempo y energía de sobra para escribir en su diario de forma indefectible todos los días.

Cuando consiga pequeños hitos, recompénsese, lo cual forma parte de la mayoría de las rutinas de creación de hábitos. Sin embargo, con el diario, la recompensa está incorporada. La liberación del estrés y la presión al escribir y la alegría que le produce escribir sus pensamientos se convertirán en su propia recompensa diaria.

Comprender la psicología de la mente inconsciente

Sigmund Freud, el famoso psicoanalista, creía que nuestras personalidades y comportamientos son el resultado de la interacción única e implacable de tres fuerzas que compiten y entran en conflicto y que trabajan en tres capas de conciencia diferentes, incluyendo los niveles preconsciente, consciente e inconsciente. Cada una de estas tres partes de la mente humana influye en nuestros comportamientos y personalidades. Veamos cada una de estas partes con más detalle antes de adentrarnos en la mente inconsciente.

La mente preconsciente - La capa mental consiste en cualquier idea, pensamiento o cualquier otra cosa que pueda ser llevada a la mente consciente.

La mente consciente - Esta capa es la que más utilizamos. Es la capa en la que se encuentran todos nuestros sentimientos y pensamientos de los que somos conscientes y estamos al tanto en un momento determinado. Es el lugar donde guardamos nuestros deseos y sueños. La mente consciente se ocupa de los pensamientos y acciones racionales. Los recuerdos que no están disponibles de forma inmediata, pero que se pueden recuperar fácilmente, también forman parte de la mente consciente.

La mente inconsciente - Esta parte está fuera del área de nuestra conciencia. Incluye especialmente aquellos pensamientos desagradables, conflictos, traumas y sentimientos negativos de los que no queremos ser conscientes. Todo lo desagradable de nuestras experiencias vitales y procesos de pensamiento se mantiene oculto aquí.

Según Freud, la mente humana puede compararse con un iceberg. La parte visible del iceberg que se ve por encima de la superficie del agua representa nuestra mente consciente. La parte del iceberg que se encuentra justo debajo de la superficie y se puede ver es nuestra mente preconsciente. La parte mucho más grande que se encuentra bajo la superficie del agua y no se ve es la mente inconsciente.

Lo que se encuentra en nuestra mente inconsciente no es fácil de traer a la conciencia. Un ejemplo clásico de algo que se trae de repente a la mente consciente es el lapsus freudiano. Freud creía que estos lapsus o declaraciones aparentemente mal pronunciadas revelan pensamientos, sentimientos y recuerdos ocultos en nuestra mente inconsciente.

Por ejemplo, si alguien llama "accidentalmente" a su pareja actual utilizando el nombre de la pareja anterior, esto se llama un lapsus freudiano. Desde una perspectiva profundamente psicológica, esto no es un "accidente". Representa nuestros sentimientos y deseos ocultos y podría referirse al hecho de que esta persona todavía ama o quiere estar con la antigua pareja. También puede significar que tiene problemas reprimidos o no resueltos con respecto a la antigua relación.

Los sentimientos, pensamientos y recuerdos reprimidos de la mente subconsciente deben ser traídos a la conciencia en algún momento, ya que influyen en nuestra personalidad y comportamiento. Sacar a la luz estos elementos ocultos es la clave del autodescubrimiento total. El análisis de los sueños es una de las formas más eficaces de acceder a nuestra mente subconsciente, y para ello, llevar un diario de sueños es el primer y más importante paso.

Diarios de sueños

Los misterios y la información oculta que salen de su mente subconsciente suelen estar llenos de acción. Sin embargo, usted no se encuentra en un estado lúcido para experimentarlos como lo haría al vivir los acontecimientos del mundo real. Los sueños tienen una cualidad mágica porque tienen el potencial de manifestar aquellos elementos que están más allá de los límites de nuestra mente consciente.

Los psicólogos y ocultistas suelen utilizar los sueños para analizar la mente subconsciente. Los diarios de sueños son muy útiles para este propósito. Llevar un diario de los sueños es la práctica de registrar fragmentos de los mismos cada mañana mientras el recuerdo está fresco en la mente.

Beneficios de los diarios de sueños

Los beneficios de llevar un diario de sueños incluyen:

Los diarios de sueños ayudan a revelar los patrones de los sueños - Cuando toma notas de sus sueños durante un largo periodo de tiempo, le ayudan a encontrar patrones, incluidos los que se repiten y se desencadenan por eventos en sus horas de vigilia. A medida que se familiarice con estos patrones, podrá ejercer el poder de este conocimiento mientras duerme. Además, los símbolos o imágenes que se repiten en los sueños pueden analizarse con la ayuda de los diccionarios de sueños.

Los diarios de sueños ayudan a los sueños lúcidos - El sueño lúcido es el poder o la capacidad de la propia persona de navegar por sus sueños en un estado consciente. Los diarios de sueños son muy útiles para este propósito. En el sueño lúcido, puede observar sus sueños como si estuviera despierto y luego controlar algunas partes de ellos para crear su propia historia o expresar los acontecimientos de la vida real de forma creativa. Estas expresiones pasan a formar parte de su diario de sueños a la mañana siguiente. Antes de pasar al siguiente beneficio, hay que tener en cuenta algunos puntos sobre los sueños lúcidos:

- En los sueños lúcidos, usted es consciente de que está soñando.
- Es consciente de que los eventos que están ocurriendo en su cerebro no son del mundo real, físico.
- Los sueños parecen muy reales y vívidos.
- Puede controlar y manejar los eventos y cómo se desarrollan en su sueño.

El sueño lúcido es una herramienta poderosa para conectar e interactuar con seres espirituales de los planos superiores de conciencia. Sus ángeles y arcángeles utilizan los sueños para enviar y recibir mensajes hacia y desde usted. Y los diarios de sueños son una excelente manera de aumentar su capacidad de sueño lúcido.

Los diarios de sueños ayudan a romper los bloqueos creativos - La mente subconsciente tiene acceso a mucha más información que la mente consciente. Por eso, utiliza los sueños para resolver problemas complicados que la mente consciente encuentra desconcertantes. Y esto ayuda a romper los bloqueos creativos en su vida.

Cómo llevar un diario de sueños

Escriba las anotaciones de sus sueños a primera hora de la mañana - Debe anotar sus sueños inmediatamente después de despertarse, ya que es muy fácil olvidar los detalles más tarde. Tenga cerca un libro y un bolígrafo y tome notas para poder apuntar todos los detalles que pueda recordar en cuanto se despierte. Incluso si un sueño o una pesadilla le despiertan en mitad de la noche o a primera hora de la mañana, anote los detalles antes de volver a dormir.

Controle su ciclo de sueño. Los sueños suelen producirse durante el ciclo de movimientos oculares rápidos (MOR); el MOR inicial dura unos 10 minutos y suele aumentar con cada ciclo de sueño. Controla el funcionamiento de su ciclo de sueño de manera que se despierte inmediatamente después del ciclo MOR para registrar sus sueños. El estado posterior al ciclo MOR es cuando su cerebro está semialerta y, por lo tanto, le ofrece una ventana de oportunidad para despertarse y escribir sobre el sueño que acaba de experimentar. Este recuerdo estará fresco en su mente y podrá recordarlo con mucho detalle.

Céntrese en las emociones más que en los hechos y las tramas: practique la comprensión de cómo se sintió mientras soñaba. ¿Se sintió molesto, aprensivo, feliz, confundido o triste en el sueño? ¿Hubo algo en el sueño que le excitara o emocionara? Anote estos sentimientos.

Los sueños son una excelente puerta de entrada a la comprensión de su mente subconsciente y su contenido. Tanto los sueños buenos como los malos pueden ser muy informativos si sabe interpretarlos.

Capítulo 4: Los misterios de la cábala

Este capítulo está dedicado a la cábala, la famosa y popular escuela de pensamiento esotérico del misticismo judío. Comencemos a entender y desentrañar los misterios de la cábala examinando sus orígenes y cómo se desarrolló y difundió por toda Europa durante la edad media.

Historia y origen de la cábala

Cábala es el nombre que recibe toda la gama del misticismo judío. Los códigos de la ley judía tratan sobre lo que Dios espera de los seres humanos, cómo convertirse en un buen ser humano, cómo ser un buen servidor de Dios, etc. En cambio, las enseñanzas contenidas en la cábala profundizan y tienen como objetivo comprender la esencia misma de Dios. Por lo tanto, este estudio no está destinado a los débiles de corazón ni a los novatos. Este poderoso estudio de la esencia misma de Dios está destinado solo a aquellos que pueden soportar su poder.

Una famosa historia talmúdica describe la importancia de este principio. Hace muchos siglos, Azzai, Ben Zoma, Elisha Ben Abuyah y Akiva eran cuatro rabinos dedicados a los estudios místicos divinos. Según el talmud, el rabino Azzai se volvió loco, Elisha Ben Abuyah se convirtió en hereje y dejó de seguir el judaísmo, y Ben Zoma murió.

Solo Rabí Akiva fue capaz de entender y empaparse del verdadero significado de estos estudios místicos. El talmud dice que solo Rabí Akiva "entró en paz y salió en paz". Por lo tanto, el estudio de la cábala está restringido a personas de carácter y edad madura. Para ello, las enseñanzas de la cábala se mantuvieron ocultas y seguras hasta que la raza humana estuvo preparada para recibir e impregnarse de su poderoso conocimiento.

La cábala salió de su escondite y fue revelada al mundo en el siglo XIII por Moisés De León a través de un famoso libro titulado "Zohar". Moisés De León dijo que contenía las grabaciones místicas y la sabiduría de Rabí Simeón Bar Yochai (que vivió en el siglo II). Este importante registro sagrado, escrito en arameo, es un comentario muy detallado sobre los aspectos esotéricos de los cinco libros de la torá. Se cree que Dios utilizó el arameo para comunicarse con el mundo humano.

Sin la cábala, a la gente le resultaría muy difícil captar y entender todos los matices de la torá. La sabiduría profética de la cábala es esencial para desentrañar completamente los secretos de la torá. Cábala viene de la palabra "kabal", que significa "recibir". Por lo tanto, la cábala tiene que ser recibida y no puede ser tomada a la fuerza o aprendida por uno mismo.

La historia de la cábala está plagada de estos relatos de "recepción". Moisés recibió la torá en el Monte Sinaí. Josué la recibió de Moisés. Los ancianos la recibieron de Josué. Los hombres de la gran asamblea la recibieron de los ancianos.

Los místicos creen que la torá contiene símbolos místicos que revelan las leyes secretas a través de las cuales es posible conocer la esencia de Dios y sus secretos. Las personas que estudian y practican activamente la cábala se llaman mekubalim. Un verdadero erudito del misticismo sabe dónde se encuentran todos los tesoros. Sin embargo, no es libre de usarlo hasta que sea aprobado y para fines específicos.

Durante todo el período de los profetas, la cábala fue guardada muy secretamente y transmitida solo a discípulos selectos considerados dignos de recibirla. Todos los secretos se transmitieron a través de los sabios y profetas desde la época de Moisés.

A pesar de la historicidad del Zohar, no fue hasta el siglo XVIII cuando el estudio y la práctica de la cábala se extendieron por toda Europa, especialmente por Europa del Este. Hasta entonces, el Zohar permaneció dentro de un pequeño grupo de eruditos. El jasidismo, el movimiento judío del siglo XVIII, desempeñó un gran papel en el crecimiento y la difusión de la cábala más allá de su pequeño grupo de eruditos y creyentes.

Comprendiendo el árbol de la vida

El jeroglífico principal de la cábala es el árbol de la vida, un poderoso símbolo caracterizado por sus diez poderes divinos denominados sefirot. Además, el árbol de la vida tiene su propio poder llamado shejiná. El árbol de la vida es como un mapa que le ayuda a entender por qué y cómo se manifiestan las cosas en su vida. Este "mapa" consiste en las 10 sefirot.

La cábala se centra principalmente en las 10 sefirot, las emanaciones o atributos revelados de lo divino dentro del infinito incognoscible. Estos atributos se extraen para que la energía de lo divino fluya en la creación. Veámoslos con un poco de detalle.

El diseño del árbol de la vida es análogo al intrincado diseño de los canales de energía que fluyen sin interrupción en el cosmos. El árbol de la vida tiene tres tríadas (colocadas horizontalmente), cada una de las cuales representa el instinto, el intelecto y la emoción, respectivamente. La sefirá que está por encima de la tríada del intelecto es kéter, la más elevada y llamada el superconsciente.

Kéter simboliza un reino de energía ilimitada y un campo infinito de posibilidades. Definido por el color oro, kéter es una manifestación física de la última realidad invisible. El color oro se le da a kéter porque, como el oro, representa una realidad totalmente maleable y pura y con poderes de conductividad libres de obstrucciones. La sefirá por debajo de las tríadas es la maljut, de la que se hablará más adelante.

La tríada del intelecto se compone de las tres sefirot siguientes:

- **Jojmá** - Jojmá es la sabiduría. Simboliza la perspicacia, la intuición y la inspiración. Representa la sabiduría en su forma más cruda y rudimentaria, como la semilla de una idea que acaba de empezar a brotar en su mente. Jojmá está simbolizado por el color azul y negro, que representa algo que surge de la nada.

- **Biná** - Biná es el nivel que representa el desarrollo de la semilla para formar una pequeña planta. Esta sefirá simboliza la estructuración y formulación de una historia. Biná es de color rojo oscuro porque este color representa el congelamiento de algo. Congelar es sinónimo de concretar una idea.
- **Dáat** - Dáat consiste en integrarse e identificarse con la idea, así como con la historia bien desarrollada. El dáat recibe el color gris porque este color manifiesta la integración.

La tríada de las emociones - Las tres sefirot de la segunda tríada son:

1. **Jesed** - Jesed o "amor incondicional e ilimitado" se manifiesta expandiendo la historia bien desarrollada y la semilla con el elemento de la empatía. El color azul que representa jesed representa el flujo de agua.
2. **Geburá** - Geburá es la fuerza de los límites e incluye importantes principios liberadores como decir no, establecer límites y buscar el enfoque. El color rojo de geburá indica "ALTO".
3. **Tiféret** - Tiféret representa la belleza, el equilibrio y la armonización de fuerzas opuestas. También representa la compasión y la bondad, representadas por la calidez del amarillo.

La tríada del instinto - Incluye las tres sefirot siguientes:

4. **Netsaj** - La representación de la victoria tiene que ver con la superación de los obstáculos y con dar a las intenciones una forma y una estructura tangibles. El color púrpura de netsaj es para el poder.
5. **Hod** - Hod significa rendirse, ceder, y se refiere a reconocer y aceptar todo por lo que es. El color de hod es el naranja, el color de la esperanza refrescante y el rejuvenecimiento.
6. **Yesod** - Yesod simboliza su verdad. Se asocia con la capacidad de retorcer la "verdad" y la "autenticidad" para adaptarlas a sus necesidades. Su color es el verde, el color del crecimiento.

La última sefirá en la base del árbol de la vida es Maljut. Este sefirá inferior representa la soberanía. Es la culminación del flujo de energía desde kéter a través del árbol de la vida y representa el camino de la posibilidad a la realidad. Maljut representa lo que se expresa, y su color marrón representa la tierra.

Curiosamente, se cree que maljut (que también representa el poder de la shejiná) es el aspecto femenino de lo divino. Los cabalistas creen que la historia de la humanidad es un reflejo de las 10 sefirot. El sufrimiento actual de la comunidad judía se debe a una desconexión entre la shejiná y las nueve sefirot superiores. Esta desconexión impide que lo divino fluya en la creación.

Entonces, ¿qué representa el árbol de la vida en la cábala? Este árbol, poderosamente simbólico, se consideraba en realidad como dos: El árbol de la vida (ya que ayudaba a los humanos a sobrevivir) y el árbol del conocimiento del bien y del mal. Como tal, está íntimamente relacionado con la supervivencia humana. Es el árbol que nos da el sustento y el consejo sabio. En la historia, cuando Adán y Eva decidieron comer el fruto prohibido, se les prohibió la entrada al jardín, con lo que sus medios de supervivencia quedaron limitados. Además, al dudar del mandato de Dios, los humanos perdieron su conexión personal con él. La supervivencia, tanto espiritual como física, estaba profundamente relacionada con el árbol y su lección.

La segunda lección es la de la creatividad. El fruto representa el resultado de nuestros deseos y el duro trabajo que realizamos para que esos deseos se hagan realidad. El árbol de la vida demuestra el flujo de la creatividad desde una energía vital invisible e intangible contenida en una semilla hasta el fruto tangible, comestible y hermoso. El árbol de la vida muestra de forma esquemática cómo las ideas y posibilidades intangibles de la realidad infinita pueden pasar a formar parte de la realidad finita y tangible.

Es habitual que nos encontremos con obstáculos en nuestro camino, ya que nuestras ideas se tambalean y fracasan, al igual que nuestros sueños y visiones en el tablero de la vida misma o en el camino hacia la manifestación. El árbol de la vida sirve como un faro que nos dirige a considerar algo más profundo y significativo para nuestras vidas, para ir más allá de lo finito ordinario hacia la magnificencia infinita.

El árbol de la vida muestra que las posibilidades y la actualidad están interconectadas, y que tenemos el poder de cambiar y modificar los elementos para lograr nuestras visiones y sueños, lo cual es el principio central de la magia.

Es importante que usted distinga entre la cábala cristiana y la hermética en esta etapa. Los cristianos se interesaron por las enseñanzas cabalísticas cuando Ramon Llull, un polímata cristiano del siglo XIII, trabajó sin descanso para convertir a todos los no cristianos. Ramon creía que las enseñanzas de las 10 sefirot estaban tan estrechamente conectadas con las enseñanzas del cristianismo y la santísima trinidad que pensó que convertiría fácilmente a los cabalistas.

Aunque Ramón no tuvo éxito en su misión, los humanistas renacentistas del siglo XV, como Pico Della Mirandola, argumentaron que las antiguas enseñanzas cabalísticas revelan la verdad cristiana. La cábala cristiana se centraba principalmente en las tres primeras sefirot o emanaciones divinas, a saber, kéter, jojmá y biná, y creía que estas tres representaban la santa trinidad.

Mientras que el cristianismo adoptó las enseñanzas cabalísticas para alinearlas con sus propias creencias, la cábala hermética tuvo su propio renacimiento durante este período. Se establecieron múltiples centros de cábala por toda Europa, con especial atención en Safed, en el siglo XVI, en el imperio otomano. Este importante y estratégico centro de cábala ayudó a difundir sus divinas enseñanzas por todo el mundo.

La cruz cabalística

La cruz cabalística, que se considera la práctica más fundamental de la cábala, es un ritual que los creyentes realizan regularmente para mantener alejadas las energías negativas. Veamos cómo se realiza este importante ritual de la cábala.

La cruz cabalística se realiza normalmente al principio y al final del ritual menor de destierro del pentagrama (o RMDP). El ritual de la cruz cabalística fue utilizado y popularizado por la aurora dorada. Ahora se ha convertido en el pilar del ocultismo moderno. Este ritual es un ritual preliminar fundacional que se realiza antes de cualquier otro ritual ceremonial.

El ritual de la cruz cabalística es muy dinámico y emplea una combinación de técnicas de visualización, gestos, oraciones, invocaciones y evocaciones. Se limpia un lugar elegido y se prepara para otros rituales ceremoniales; entonces el RMDP recibe el poder de desterrar las energías impuras y caóticas del espacio ritual.

El practicante traza pentagramas en el aire, e invocando a las deidades y otras fuerzas espirituales mediante el uso de palabras y frases divinas, crea un espacio ritual fortificado y vigilado. Las oraciones y los textos de invocación están extraídos de los textos de la cábala.

Los practicantes modernos utilizan los siguientes elementos para el ritual:

- Se crea un altar en el centro del espacio ritual.
- Los instrumentos y símbolos representan los cuatro elementos básicos: aire, fuego, agua y tierra.
- Una túnica ceremonial o cualquier otra prenda ritual que lleve el practicante.
- Un "athame" o espada ritual para gesticular y apuntar a varios puntos de la cruz cabalística. El athame también se utiliza para dibujar círculos mágicos y pentagramas.

El procedimiento del ritual es el siguiente:

- El ritual de la cruz cabalística es el primer paso, que da lugar a la construcción de una cruz astral en el cuerpo del practicante. Se utilizan puntos de referencia del árbol de la vida para hacerlos coincidir con los puntos de su cuerpo. El practicante canta palabras hebreas de oraciones e invocaciones mientras construye la cruz.
- El siguiente paso es la construcción y formulación de los pentagramas. Para el ritual de destierro se utiliza un pentagrama de tierra de destierro. Un pentagrama de invocación se utiliza para invocar los rituales. Se dibujan cuatro pentagramas en el aire, en cada uno de los cuatro puntos cardinales, junto con las vibraciones del nombre(s) del dios o deidad asociado, junto con un círculo que encierra los cuatro pentagramas.

- El ritual de destierro expulsa a los espíritus malignos que interfieren, mientras que el ritual de invocación sirve para evocar los cuatro elementos.
- A continuación, se invoca a los cuatro arcángeles, a saber, Uriel, Miguel, Gabriel y Rafael, con la oración de evocación que dice lo siguiente "en su nombre, el dios de Israel, que Miguel esté a mi derecha, que Gabriel esté a mi izquierda, que Rafael esté detrás de mí, que Uriel esté delante de mí y que la presencia de Dios esté por encima de mí".

Como puede verse fácilmente, esta oración invoca a los ángeles y arcángeles para que custodien y fortifiquen el espacio ritual que se va a utilizar para la magia ceremonial, de modo que los espíritus y fuerzas indeseables, interferentes y malignos se mantengan a raya. Durante el paso de evocación, el practicante utiliza varias técnicas de visualización para visualizar a los cuatro arcángeles en los cuatro puntos cardinales, vigilando y protegiendo el ritual, a los practicantes y a todos los demás interesados.

El ritual de la cruz cabalística es un aspecto crítico del trabajo de magia ceremonial, y los miembros fundadores de la aurora dorada lo creían profundamente. Solo cuando los novatos aprenden y dominan este ritual pueden entrar en la orden interna de la aurora dorada. El RMDP se discute con mucho más detalle en el capítulo 6.

Capítulo 5: Herramientas mágicas

Este capítulo está dedicado a las diversas herramientas mágicas esenciales para la práctica de la magia ceremonial. Estas herramientas representan varias energías y fuerzas del universo, incluyendo los cuatro elementos básicos, las direcciones cardinales, subcardinales, y las fuerzas cósmicas masculinas y femeninas. Dependiendo del propósito de un ritual, las herramientas son elegidas por el practicante. Veamos algunas de estas herramientas mágicas con un poco de detalle.

La daga de athame

El athame que está perfectamente alineado con su energía es una poderosa herramienta mágica que dirige su energía a objetivos específicos, corta a través de maldiciones y fuerzas malignas, y le ayuda a través de varios hechizos y trabajos rituales. ¿Por qué las dagas de athame son tan importantes en la práctica de la magia ceremonial?

El uso de cuchillos, dagas y espadas en la magia ceremonial es de origen antiguo. Los cuchillos y las dagas se utilizan para tallar círculos rituales sagrados y para invocar direcciones. En el grimorio de Honorio y en la llave de Salomón se mencionan muchas instrucciones sobre el uso de espadas, dagas y el athame. Los athames son un símbolo de autoridad y representan la masculinidad y el fuego. Un athame con mango negro se utiliza idealmente en trabajos y rituales de magia.

Los athames tienen diversas correspondencias espirituales y energéticas, y los practicantes eligen el que mejor se adapte al ritual. Algunas de estas correspondencias energéticas se comentan a continuación:

- El athame representa el elemento fuego para algunas tradiciones, mientras que para otras representa el elemento aire. Sus colores son el rojo y el amarillo, y sus direcciones son el este y el sur.
- Simboliza la energía fálica masculina y corresponde a las deidades masculinas.
- Los athames son energéticamente proyectivos, lo que significa que proyectan o dirigen la energía.

El athame se utiliza para una variedad de propósitos en la magia ceremonial. Algunos de ellos son:

- Se utilizan para dirigir la energía curativa. El practicante acumula energía curativa en el athame y luego la dirige a la persona que necesita ser curada, ya sea de una enfermedad o de un desamor.

- El athame también se utiliza para dirigir la voluntad del practicante hacia la intención mágica, la misma que tiene el poder de curar y cambiar el mundo para mejor.

¿Cómo se utiliza el athame? Aquí tiene algunos consejos:

- **Invocar un círculo** - Un athame puede dirigir esta energía protectora cuando invoca un círculo protector o un límite.
- **Dibujar líneas** - Un athame se utiliza para dibujar líneas mágicas o visibles en la sal, en objetos mágicos, en la arena o incluso en el aire.
- **Llamada a los cuartos** - Un athame se utiliza para invocar e invitar a los espíritus de los cuatro elementos a su ritual en busca de protección y ayuda. El athame actúa como un pararrayos para atraer y atraer el poder de estos elementos al espacio ritual.
- **Para mezclar** - El athame se utiliza para mezclar diversos elementos de ingredientes rituales, como la sal y el agua. Combina elementos para hacer pociones, medir ingredientes con su hoja, o incluso recoger ingredientes usando su punta.
- **Carga** - Puede utilizar el athame para cargar o consagrar herramientas y objetos mágicos dirigiendo la energía hacia ellos.
- **Escudriñar** - La superficie reflectante del athame se puede utilizar para la adivinación o escrutinio.
- **Establecer límites** - El athame puede utilizarse para trazar y establecer límites ceremoniales, creando así una distancia suficiente entre uno mismo y otras personas, entre otras cosas.
- **Tallado** - Los athames se utilizan para tallar imágenes en las velas y otros objetos mágicos utilizados en un ritual. El tallado ayuda a infundir en el objeto su intención mágica.
- **Como péndulos** - Puede atar un cordel en el mango de su athame y sostenerlo para que la punta de la hoja pueda ser

utilizada para obtener respuestas a preguntas de sí o no de los espíritus invocados.

Elegir el athame adecuado para uno mismo es algo muy personal. Es casi como si el athame le eligiera a usted y no al revés. Hay una gran variedad de formas, tamaños y materiales, y depende enteramente de usted el tipo de atuendo que desea tener. El propósito del athame también juega un papel importante a la hora de elegir uno. Cuando compre un athame, déjese llevar por sus instintos, sienta la conexión con la daga al sostenerla y pronto encontrará la mejor para usted.

Por lo general, su athame debe ser exclusivamente suyo. Es mejor evitar que otra persona lo utilice para sus rituales mágicos si sus energías se mezclan y entran en conflicto con las suyas. Incluso si otra persona lo toca por accidente, tiene sentido limpiarlo y despejarlo de su energía inmediatamente.

¿Cómo se purifica y limpia el athame? Purificar y limpiar el athame ayuda a disipar la vieja energía acumulada. Si el athame es de segunda mano, debe purificarlo antes de empezar a utilizarlo. Por ejemplo, supongamos que su abuela o cualquier otro pariente mayor le ha transmitido su athame. En ese caso, es muy probable que la daga contenga grandes cantidades de energía del anterior propietario. Purificarlo vaciará el athame y lo convertirá en una pizarra limpia para que usted pueda escribir su propia energía en él. Puede purificar el athame de cualquiera de las siguientes maneras:

- Puede exponer la daga a la luz del sol durante una hora cada día durante todo un ciclo de luna llena.
- Puede limpiarla con agua salada.
- Puede mantener el athame en un cuenco lleno de cristales de limpieza durante toda una semana. Los cristales de color negro son excelentes para absorber la energía negativa.
- Puede emborronar el athame con el humo de un incienso o hierba ritual.

También puede consagrar su daga o cuchillo favorito para convertirlo en un athame. Consagrar cualquier objeto lo transforma en una herramienta mágica. La consagración debe hacerse después de la limpieza y la purificación. He aquí una forma sencilla pero eficaz de consagrar su cuchillo o daga favorita:

Haga un círculo e invoque a sus deidades, arcángeles, espíritus, dioses y diosas favoritos. Invoque a todos o a alguno de aquellos con los que quiera consagrar su cuchillo. A continuación, declare su intención del propósito de la consagración en voz alta, sosteniendo el cuchillo con ambas manos.

Por ejemplo, puede decir: "Daga (o cuchillo), se trae a este círculo sagrado para ser consagrado y transformado en mi athame para siempre". Coloque su daga en este altar sagrado durante 24 horas después de completar el ritual. Y su favorito de todos los días se ha convertido en su athame. Recuerde que nunca debe utilizarlo para otra cosa que no sea el trabajo de magia ceremonial.

Además de los athames, algunos otros cuchillos y espadas se utilizan en los rituales de magia ceremonial. Por ejemplo, un cuchillo de mango blanco llamado bolline se utiliza para cortar ingredientes rituales y/o cosechar hierbas para los rituales. Los bollines también se utilizan para cortar cuerdas rituales, inscribir sellos y símbolos, etc., y suelen tener una hoja curva en forma de media luna. Es fundamental que los athames y otros cuchillos mágicos no se utilicen nunca para cortar ni para otros fines no mágicos.

La copa o el cáliz

Los cálices, copas o vasos simbolizan el elemento agua, y el cáliz también se parece al santo grial cristiano. Sin embargo, en la magia ceremonial, los practicantes lo ven como una representación del vientre de una diosa y no como un soporte de la sangre de Cristo.

Tradicionalmente, un cáliz se utiliza para contener vino, agua u otros líquidos necesarios en los rituales de magia ceremonial. Los cuencos también se utilizan en la magia ceremonial, aunque normalmente para quemar incienso y hierbas para la purificación. Un cuenco también puede contener agua. La superficie del agua se puede utilizar para la adivinación y la prestidigitación.

La varita

Las varitas simbolizan el elemento aire. Se fabrican con diversos materiales, desde la madera hasta la roca o el marfil. Muchas varitas utilizan cristales y piedras preciosas como elementos decorativos. La varita se utiliza para invocar a los espíritus y a las deidades, especialmente a aquellos que no responden a la llamada del athame. Se cree que ciertos espíritus elementales temen al hierro y al acero, y para esos seres se utiliza la varita en lugar del athame.

El pentáculo

El pentáculo (también llamado patena) es una herramienta mágica en forma de disco que se utiliza normalmente para consagrar altares y espacios rituales. El pentáculo suele llevar inscritos símbolos mágicos o sellos. El pentagrama dentro de un círculo es el sello más común inscrito en el pentáculo. Otros sellos utilizados son la triquetra (un símbolo que consiste en tres arcos entrelazados en forma de lente). El pentáculo representa el elemento tierra. Se utiliza para bendecir objetos rituales y para dar energía mágica a los objetos que se colocan sobre él.

Campanas

El sonido de una campana simboliza un cambio energético en el tejido cósmico. Las campanas de viento son mensajes de cambios en los frentes de aire y suelen utilizarse para predecir las tormentas que se avecinan. Las campanas también se utilizan para hacer anuncios. El timbre de la puerta, por ejemplo, anuncia la llegada de un invitado. La campana del reloj anuncia la llegada de una hora determinada. En la magia ceremonial, las campanas se utilizan para los siguientes fines:

- **Invocar a los espíritus** - El toque de una campana invoca a los espíritus amigos que son invitados a participar en sus rituales.
- **Para limpiar el aire** - Tocar una campana limpia el entorno de energía negativa para atraer la buena energía a ese espacio.
- **Para desterrar espíritus** - Hacer sonar las campanas también puede ayudar a desterrar los malos espíritus. A estos no les gusta el sonido agradable de una campana tintineante y suelen abandonar el lugar.
- **Finalizar un ritual** - A menudo se hace sonar una campana al final de un ritual para sellar la magia realizada. El sonido de la campana cambia la energía de "hacer" a "hecho" y simboliza la finalización.

Sellos

Los sellos son símbolos mágicos que representan espíritus y deidades. En la magia ceremonial, un sello también representa el resultado deseado por el practicante o el buscador. Los yantras utilizados en el hinduismo son un ejemplo clásico de sellos. En la magia ceremonial, los sellos representan varios ángeles, arcángeles y demonios que el practicante quiere invocar. Según la aurora dorada, los sellos sirven para trazar el patrón de energía actual que se transformará en acción para el resultado deseado con la ayuda de las fuerzas elementales.

Los sellos suelen crearse utilizando cuadrados mágicos o kameas. Los nombres de los espíritus y deidades se convierten en números. Estos números se sitúan en los cuadrados mágicos, que luego se conectan mediante líneas, lo que da lugar a la formación de una figura abstracta que representa al espíritu o deidad invocados.

Talismanes

Los talismanes son objetos a los que se atribuyen poderes mágicos o religiosos. La finalidad de un talismán puede ser buena o mala. Los talismanes pueden utilizarse para curar, proteger o causar daño a las personas. Los talismanes se utilizan en los rituales de magia ceremonial o se crean mediante estos rituales. Los talismanes se diseñan para llevarlos encima, para llevarlos en el bolso o la cartera, o para colocarlos en lugares permanentes en casas y oficinas, aunque la mayoría son portátiles.

Velas

Las velas son un elemento básico en cualquier kit de herramientas mágicas. Son poderosos amplificadores de energía y pueden liberar la energía negativa. Sus usos son numerosos. Las velas representan el elemento fuego que, a su vez, representa la transformación. Todo lo que pasa por el fuego se transforma. Las velas de diferentes colores tienen diferentes significados y connotaciones mágicas. He aquí una pequeña lista para su referencia:

- **Negro** - Para la protección psíquica.
- **Blanco** - Para aumentar la percepción y la fuerza personal y promover la paz y la serenidad en el entorno inmediato.
- **Azul** - Las velas de color azul conectan eficazmente con sus chacras y curan las heridas emocionales.
- **Verde** - Las velas de color verde ayudan a dar vida a sus ideas y a potenciar la prosperidad y el crecimiento.
- **Amarillo** - Desarrolla las habilidades sociales y de creación de redes y aumenta las oportunidades de carrera.
- **Rosa** - El rosa es perfecto para el romance y el amor. Colocar una vela rosa en la entrada de su casa atrae el amor.
- **Rosjo** - El rojo es para la pasión, el sexo y el amor.
- **Marrón** - Encender una vela marrón ayuda a aumentar sus recursos en términos de energía, salud, riqueza y posesiones materiales, valor, resistencia, etc.
- **Naranja** - El naranja ayuda a ampliar sus horizontes y agudiza su ambición.
- **Púrpura** - El púrpura es lo mejor para la creatividad y la iluminación espiritual.

Túnicas y prendas tradicionales

Muchos practicantes de la magia ceremonial tienen túnicas y vestimentas que se usan solo para los rituales. Mientras que estas túnicas especiales no son esenciales, el uso de una túnica le dice a la mente consciente y subconsciente del practicante que no están en una vestimenta diaria ordinaria. En su lugar, están vestidos para un ritual específico. Muchos practicantes llevan túnica para separarse de los negocios y de las rutinas de la vida diaria. Llevar una túnica significa que el practicante está listo para comenzar en el reino de la magia ceremonial.

Los antiguos practicantes realizaban sus rituales desnudos, ya que la ropa impedía el flujo de las energías mágicas. Debido a la modestia y a otras restricciones y limitaciones de la sociedad, los practicantes usan túnicas sin ropa interior cuando realizan los rituales. Se utilizan túnicas de diferentes colores para diferentes rituales y para diferentes estaciones. Por ejemplo, muchas brujas llevan túnicas azules para la primavera, blancas para el invierno, marrones para el otoño y verdes para el verano. Aunque algunas personas evitan el color negro porque a veces tiene connotaciones negativas, usted es libre de elegir un color con el que conecte.

Además, puede hacer sus propias túnicas. Si sabe coser en línea recta, puede hacerse una bata en diferentes colores y según sus necesidades. Si no, las túnicas se pueden comprar tanto en tiendas online como en tiendas físicas.

En resumen, las herramientas mágicas utilizadas en la magia ceremonial son personales para cada practicante. Puede elegir tener algunos o todos los artículos mencionados en este capítulo en su kit de magia. Por último, recuerde limpiar y purificar sus herramientas mágicas con regularidad para que siempre zumben con nueva energía mágica, el elemento muy necesario en cualquier magia ceremonial. Puede utilizar cualquier método de limpieza mencionado en la subsección athame de este capítulo.

Y finalmente, es crítico saber que estas herramientas son accesorios que puede o no necesitar usar. Lo más importante es su propio estado mental y la creencia que tiene en su poder personal para hacer lo que desea y sueña con hacer.

Capítulo 6: La práctica de la magia ritual

Este capítulo está dedicado a darle detalles de los diversos rituales ampliamente utilizados, ya sea como rituales únicos o como parte de otra ceremonia más grande. Antes de continuar, debe tener una psique sana para realizar cualquier ritual de magia ceremonial.

Los pasos mencionados aquí no son meditaciones guiadas. Ayudan a repasar y desglosar las etapas de las distintas técnicas utilizadas en la magia ceremonial. Se puede utilizar para iniciar el aprendizaje y la práctica en solitario. Sin embargo, no se debe ignorar la más mínima molestia. Suponga que tiene algún problema mental o emocional no resuelto. En ese caso, se recomienda encarecidamente que se dirija a un practicante capacitado y cualificado para obtener ayuda. Evite hacer cualquier ritual por su cuenta, ya que es probable que termine con resultados desafortunados.

Técnicas de conexión a tierra, centrado y blindaje

Estas técnicas están diseñadas para equilibrar la energía en cualquier ritual. A menudo se realizan en las etapas iniciales antes de pasar al ritual propiamente dicho. Se espera que todos los practicantes dominen las técnicas de enraizamiento y centrado antes de que se les anime a trabajar con rituales más profundos y poderosos.

Estas técnicas constituyen la base de cualquier gran ritual y, si no se realizan correctamente, no solo pueden poner en peligro el resultado del ritual, sino que también pueden causar daños al practicante y a otros practicantes. Veamos algunas de ellas.

Técnicas de centrado

Centrarse es el comienzo de cualquier trabajo energético, incluyendo la magia ceremonial. La manipulación de la energía es un aspecto crucial de la magia ceremonial, pero solo funciona bien cuando el practicante está poderosamente centrado y tiene un control total de los cambios de energía circundantes. He aquí una técnica de centrado sencilla pero eficaz que puede utilizar en su práctica diaria.

En primer lugar, busque un lugar tranquilo donde pueda trabajar sin ser molestado. Si está practicando en casa, asegúrese de haber apagado todas las notificaciones de todos sus dispositivos electrónicos, especialmente su teléfono móvil. Cierre la puerta con llave y asegúrese de que el televisor también está apagado.

Lo mejor es intentar esta práctica en posición sentada. Una posición acostada también es buena, salvo que la mayoría de los principiantes que aún están en proceso de dominar la técnica tienden a quedarse dormidos durante la práctica. Cuando esté sentado en una posición cómoda, respire profundamente un par de veces. Repita esto durante unos minutos hasta que su respiración sea normal y regulada. Puede contar sus respiraciones o cantar una oración o mantra para ayudar a regular su respiración. Cuanto más a menudo repita este ejercicio calmante centrado en la respiración, más fácil le resultará entrar en un estado mental relajado pero alerta.

Una vez que su mente esté totalmente relajada, puede comenzar el ejercicio de visualización. Aquí, necesita imaginar la energía; así es como puede hacerlo.

- Frote las palmas de las manos para generar calor
- Cuando las palmas de las manos estén calientes, sepáralas unos centímetros una de otra
- Sentirá una sensación de hormigueo, la energía generada al frotar las palmas de las manos.

Esto puede parecer un poco difícil de comprender en las etapas iniciales de su práctica. De hecho, es probable que al principio no sienta nada de energía. Pero no hay que preocuparse por ello. Persista en sus esfuerzos, y pronto notará la energía entre sus palmas. Primero, sentirá algo diferente. Poco a poco, encontrará una diferencia distinguible en la energía vibratoria cuando intente juntar las palmas o resistirse al separarlas.

Cuando sienta fuertemente la energía entre sus palmas, puede empezar a jugar con ella. Concéntrese en el espacio entre las palmas y visualice que se expande y se encoge a su voluntad. Visualice que la "esfera de energía" atraviesa todo su cuerpo y lo cubre por completo como un escudo energético. Puede utilizar la energía de la forma que desee.

Con la práctica repetida se puede llegar a jugar a la pelota con la energía. Puede lanzar la energía de una mano a otra. Puede introducirla en su cuerpo, sacarla, dejar que la esfera de energía ruede por todo su cuerpo, etc. Pronto se dará cuenta de que esa "energía" de la que hablamos no es más que su aura. Todo el mundo tiene un aura que rodea su cuerpo. Las técnicas de la magia ceremonial no crean nada nuevo. Solo le ayudan a aprovechar el poder de las cosas que ya existen.

Cada vez que desee centrarse, repita esta técnica, y sienta su aura cubriendo todo su cuerpo. El núcleo de su energía puede centrarse en cualquier parte de su cuerpo que le resulte más cómoda. A muchas personas les gusta centrar su energía en la zona del plexo solar o en el chacra del corazón, y desde ahí pueden dirigirla hacia cualquier cosa o persona. Puede elegir un centro de energía con el que se conecte y utilizarlo como su punto de centrado.

Cuanto más practique, más fácil le resultará. Pronto descubrirá que puede centrarse en cualquier lugar y en cualquier momento. Puede ser en un autobús o tren abarrotado, cuando esté solo, en el trabajo, en casa o en cualquier otro lugar. Esta técnica de centrado le proporciona un marco de energía con el que trabajar, que se convierte en su fuente de poder mágico.

Técnicas de conexión a tierra

Cualquier trabajo de magia ceremonial amplía su energía, y si los aspectos de centrado y conexión a tierra de sus rituales no son fuertes, usted llevará los efectos del ritual a su alrededor. Esto puede interferir en su vida rutinaria. Es probable que tenga una sensación de agitación inexplicable, y la energía nerviosa llenará su cuerpo y su mente.

El sueño se le escapará, y se sentará por la noche sintiéndose claro y agudo en su mente solo para despertar a un día de fatiga. El enraizamiento es una forma de deshacerse de la energía excesiva que se ha acumulado en su sistema para que pueda volver a su vida normal después del trabajo mágico. Por lo tanto, es vital que usted participe en ejercicios de conexión a tierra y centrado como parte de sus rituales de magia ceremonial.

La conexión a tierra es lo contrario del centrado. En este último caso, se extrae la energía del entorno y se centra en el cuerpo. El enraizamiento le ayuda a expulsar el exceso de energía hacia el suelo. Cierre los ojos y preste atención a su centro de energía central. Colóquelo en un estado en el que pueda controlarlo. A continuación, utilice las manos y dirija la energía hacia el suelo, un árbol o incluso un cubo de agua.

Algunos practicantes lanzan la energía al aire. Si se elige este método, hay que tener mucha precaución con la presencia de otras personas en el entorno. Por ejemplo, cuando arroje su energía al aire, podría haber un individuo con inclinación mágica cerca que absorbería esta energía sin darse cuenta. Sería como transmitir sus problemas a otra persona. Por lo tanto, evite esto a menos que esté solo en un lugar completamente aislado.

Para empujarla hacia la tierra, utilice la fuerza de sus piernas y pies. Concéntrese en su energía y visualice que sale de su cuerpo a través de las piernas y los pies mientras es absorbida por la tierra. También puede utilizar las técnicas de conexión a tierra para deshacerse de la energía emocional de su cuerpo. Otras formas de conexión a tierra son:

- Utilice un cristal. Muchas personas que se sienten más energizadas de lo común, todo el tiempo llevan un cristal que tiene el poder de absorber el exceso de energía de su persona.
- Cree su propia frase o palabras clave para deshacerse de la energía. Podría decir algo así como: "¡Ya! ¡En marcha! ¡Se va! ¡Ida!". Esta frase puede ayudarle a deshacerse del exceso de energía cada vez que vea que interfiere con su vida normal.
- Mantenga una maceta con tierra fuera de su puerta o en su jardín. Siempre que esté enfadado o se sienta con un exceso de energía, salga y meta las manos en la maceta y visualice que la energía sale de su cuerpo hacia la tierra.

Técnicas de blindaje

Las técnicas de blindaje le protegen de todo tipo de impactos negativos, incluyendo ataques mentales, psíquicos, emocionales y mágicos, creando una barrera energética alrededor de su cuerpo. La energía que focaliza en su cuerpo utilizando la técnica de centrado puede utilizarse para cubrir su cuerpo como un escudo mágico. Crea una envoltura de energía protectora a su alrededor.

Enfóquese en la energía centrada y visualice que sale de su cuerpo para formar un escudo protector a su alrededor. Visualice una "burbuja de energía" en la que su cuerpo está protegido y seguro. Este escudo protector no solo le protege de los daños, sino que también mantiene su energía a salvo de ser atraída por personas que puedan desviarla.

El ritual menor de destierro del pentagrama

Como ya se explicó en un capítulo anterior, esto forma parte de la cruz cabalística y es un excelente ritual para limpiar la zona en la que vivimos, así como a nosotros mismos. En este capítulo, hablaremos de este ritual en detalle. El RMDP es un ritual muy importante y útil en cualquier camino mágico, y cuanto más lo practique, más fácil será dominarlo.

Además, a medida que practique este ritual, encontrará que su escudo protector se hace más fuerte cada día. Pronto, su escudo se convertirá en impenetrable para todas las energías y fuerzas no deseadas, dejándolo libre y lo suficientemente poderoso como para participar en su propio trabajo de magia ceremonial. El ritual se lleva a cabo en tres partes; la primera es la cruz cabalística, de la que se habló brevemente en un capítulo anterior. Profundicemos un poco más en él y veamos cómo se realiza exactamente.

La cruz cabalística

Colóquese de cara al este. Visualícese como una persona gigantesca que se eleva y mira hacia abajo en la tierra. Ahora se encuentra en el centro del cosmos. Los espacios astronómicos pueden verse a su alrededor, y está lleno de luz blanca brillante. Visualice esta luz que todo lo abarca entrando en su cabeza.

Con la ayuda de su athame, atraiga esta luz blanca hacia su frente. Siga cantando la palabra "ATAH". A continuación, mueva el athame hacia abajo en su cuerpo y visualice que el haz de luz sigue su camino y pasa por su cuerpo.

Toque su pecho. A continuación, mueva el athame hacia la zona de la ingle y apunte hacia abajo, mientras canta y hace vibrar la palabra "MALJUT". Concéntrese en el rayo de luz que atraviesa su cuerpo desde justo encima de su cabeza hasta el suelo debajo de usted.

A continuación, tóquese el hombro derecho. Visualice el rayo de luz que pasa por el hombro derecho hacia el espacio exterior. La palabra a entonar para este gesto es "VEGEBURAH". Repita este gesto en el hombro izquierdo, cantando la palabra "VEGEBULAH".

A continuación, lleve las dos manos a la zona del pecho y júntelas en un gesto de oración. Cante las palabras "LEOLAHM" y "AMEN". Visualícese de pie en el centro de una cruz de luz que se expande en el universo en las cuatro direcciones.

Los pentagramas

La siguiente etapa del ritual menor de destierro del pentagrama es dibujar los cuatro pentagramas. Vamos a ello. Colóquese de cara al este y dibuje un pentagrama (que brilla con una luz azul) en el aire. Cante las palabras "YOD HEH VAV HEH" incluso mientras hace el signo del entrante seguido del signo del silencio. Ambos signos se explican en el índice.

A continuación, mantenga la punta de su athame, varita, o la punta de su dedo en el centro del pentagrama, y mientras traza una línea, gire hacia el sur. Aquí, dibuje otro pentagrama con este punto como centro. Realice el signo del entrante mientras entona la palabra "ADONAI". Realice el signo del silencio.

A continuación, desde el centro del pentagrama del sur, trace otra línea hacia el oeste y haga otro pentagrama en el aire en esa dirección. Realice el signo del entrante mientras canta "EHEIEH". Haga el signo del silencio y a continuación lleve la luz hacia el norte. Dibuje su pentagrama aquí también. Realice el signo del entrante mientras canta "AGLA". Después de realizar el signo del silencio aquí, mueva la luz hacia el este y complete su círculo de cuatro pentagramas. En el sentido de las agujas del reloj, vuelva al centro del círculo y mire hacia el este.

Llamada a los Arcángeles

En esta etapa, invoque a cuatro arcángeles, buscando su ayuda y presencia en su vida y su protección. Vuelva a concentrarse en la cruz cabalística que creó antes y extienda los brazos a ambos lados para recrear su forma.

- De cara al este, diga las palabras: "Rafael, ante mí". Sienta su presencia a través de la brisa que envía hacia usted. Rafael es para el elemento aire.
- A continuación, visualice otra presencia detrás de usted y diga las palabras: "Gabriel, detrás de mí". Él representa el elemento agua. Imagine que caen gotas de agua sobre su espalda.
- A continuación, mire a su derecha y diga: "Miguel, a mi derecha", y sienta su calor, ya que representa el elemento fuego.
- A continuación, mire a su izquierda y diga: "Uriel, a mi izquierda", y sienta la fuerza de la tierra que este arcángel representa.
- Mirando hacia el este, visualice los cuatro pentagramas en llamas conectados a su alrededor. Diga en voz alta: "Los pentagramas me rodean". Visualice un brillante hexagrama en llamas en su pecho y diga en voz alta: "La estrella de seis rayos me envuelve".

Concéntrese en esta poderosa imagen durante un rato. Cuando esté satisfecho con el ritual, repita de nuevo la cruz cabalística antes de cerrar el ritual. El último capítulo de este libro trata en detalle de los ángeles y arcángeles.

Ejercicio de meditación del pilar central

Este ritual activa los centros de energía o chacras en el cuerpo y activa las esferas divinas en su interior. El ejercicio se dio por primera vez a los miembros de la aurora dorada. Ahora ha sido discutido y elaborado en detalle y popularizado por el Dr. Israel Regardie, un místico muy influyente del siglo XX. El pilar central sirve para múltiples propósitos, entre los que se incluyen:

- Sanar el cuerpo y la mente
- Aumentar la vitalidad y potenciar la fuerza de voluntad
- Eliminación de barreras y bloqueos psicosexuales
- Es una excelente técnica de equilibrio y centrado
- Reducir el estrés y la ansiedad

- Mejorar la creatividad y elevar el estado de ánimo del practicante

Sin embargo, su propósito principal es algo único y está estrechamente relacionado con la magia ceremonial. Le ayuda a ser cada vez más consciente de su ser superior. Le ayuda a conectar con su alma. Le guía a su verdadero propósito, y su capacidad para sentir las energías de los reinos superiores mejora drásticamente a medida que su sensibilidad a estos elementos se agudiza a través de la práctica repetida del pilar central.

El pilar central también está conectado con los chacras (o centros de energía) del cuerpo humano. Algunos practicantes creen que la meditación del pilar central es como una meditación invertida de los chacras. En lugar de ascender desde la kundalini asentada en la base de la columna vertebral hacia la coronilla (como se hace en la meditación de los chacras), el poder central traza un camino descendente partiendo de la cabeza hacia la base de la columna vertebral.

Otra diferencia importante entre el sistema de chacras y el pilar central es que el primero trabaja con siete centros energéticos, mientras que el que el otro lo hace con cinco. Estos cinco pertenecen al pilar central del árbol de la vida e incluyen los siguientes:

- Kéter o la corona (sahasrara en el sistema de chacras): este centro de energía se encuentra a unos pocos centímetros por encima de la cabeza.
- Dáat o conocimiento (vishuddha en el sistema de chacras): se encuentra en la región de la garganta.
- Tiféret o belleza (anahata en el sistema de chacras): se encuentra en la región del pecho y del estómago.
- Yesod o fundación (svadhisthana en el sistema de chacras): se encuentra debajo del ombligo y representa los genitales.
- Maljut o el reino (muladhara en el sistema de chacras): se encuentra en la parte más baja de los pies.

Aunque las sefirot no se corresponden exactamente con el sistema de los chacras, existe una conexión entre ellas en el sentido de que ambas se ocupan del sistema energético sutil de nuestro ser.

Es posible vincular los centros de energía a través de la meditación y otros ejercicios, iluminando nuestro ser interior. La meditación del pilar central despierta y carga los centros de energía para formar un rayo de luz que envuelve el cuerpo y la mente. Un resultado similar ocurre con las técnicas de meditación de los chacras.

La meditación del pilar central utiliza muchos nombres de dioses hebreos. Varias vibraciones también juegan un gran papel en el resultado de este ejercicio. Cuando dice los nombres correctamente y hace los sonidos vibracionales con precisión, usted sentirá sensaciones de hormigueo en su cuerpo. Con la práctica repetida, notará que cada célula de su cuerpo se siente despertada y activada después de este ejercicio.

Debe aprender los nombres y los sonidos vibratorios correctos y hacer el ejercicio de meditación con diligencia y de todo corazón, entonces está obligado a tener éxito en el aprovechamiento del poder de la magia ceremonial. Puede utilizar una variedad de posturas para el pilar central, tales como:

- Estar de pie con los pies juntos
- Sentado en una silla
- Sentado en el suelo en una posición simple de piernas cruzadas o en una posición de loto más difícil
- Acostado en la cama

La posición más adecuada es la de pie, ya que en ella se ve mejor el "rayo de luz recto". Sin embargo, puede elegir la posición que más le convenga. Lo importante es estar totalmente inmerso y comprometido con el ejercicio. La posición que elija no es tan importante. Utilice tapones para los oídos para evitar los ruidos y sonidos molestos del exterior.

Comience el ejercicio con el ritual menor de destierro del pentagrama. Cuando se sienta preparado, comience la meditación del pilar central. Estos son los pasos a seguir:

Cargando a kéter

- Cuando haya completado la cruz cabalística, lleve toda su atención al kéter, la primera y más alta sefirá. Es el lugar donde se originan sus fuerzas creativas. Visualice a kéter pulsando y girando en su poderoso brillo.

- Imagine que kéter tiene la forma de un gran balón de fútbol que gira e ilumina todo lo que rodea su espacio, con un enfoque especial en la parte superior de su cabeza. Reconozca su poder y acepte que kéter representa el punto final de su camino de autorrealización.
- Luego, cargue kéter usando el mantra "Eh he yeh", que significa "Yo soy, yo seré, yo existo". Cuanto más cargue este centro de energía, más aumentará su potencia. Cuando se sienta plenamente satisfecho con su poder, puede pasar a la siguiente sefirá.

Cargando a dáat

- Imagine que un rayo de luz se desplaza desde kéter hasta la zona de su garganta. Concéntrese en este punto, e imagine la luz formando una pequeña esfera en esta región. Cargue esta esfera con el mantra "YHVH ALHIM". Esto debe ser pronunciado como "Yod Heh Vahv Heh El Oh Heem". El Oh Heem se traduce como dios, y Yod Heh Vahv Heh significa Tetragrámaton.
- Los antiguos cabalistas creían que hacer vibrar la última parte de este sonido no era posible para un simple mortal y que podía volver loco a quien lo pronunciaba. Diga este nombre con el sonido vibrante hasta que dáat esté completamente cargada y palpite con la misma intensidad que kéter. A continuación, puede pasar a la siguiente sefirá.

Cargando a tiféret

- Centre su atención en la zona del pecho y estómago mientras el eje de luz se mueve hacia abajo. Cargue esto con el mantra "IAO" para que vibre como "Eeeeh Yaaaah Ooooh". Este mantra es también una excelente técnica de respiración rítmica. Contiene los nombres de tres dioses, incluyendo Isis, Apofis y Osiris. Isis es la naturaleza, Apofis es el destructor y Osiris es el redentor. Siga repitiendo el nombre hasta que esta sefirá palpite y se sienta viva.

Cargando a yesod

- Ahora, mueva el eje de luz hacia la siguiente sefirá, yesod. Cárguela con el nombre "shah dai el chai", que significa "dios viviente todopoderoso". La "ch" en "chai" debe ser pronunciada con el sonido de la "k" como en loch. Cargue esta sefirá hasta que se sienta completamente viva antes de pasar a la última esfera.

Cargando a maljut

- Maljut es la décima sefirá en el árbol de la vida, pero la quinta en el pilar central. Es el reino en el que vivimos. En este momento, el rayo de luz viene desde arriba de su cabeza hasta la región del pulmón y estómago. Ahora, imagine que este rayo se mueve hacia abajo, hacia sus pies, en el suelo. Una mitad de esta esfera estará dentro de la tierra, y la otra mitad cubrirá hasta sus tobillos con el centro en sus plantas. Cargue esta esfera con el mantra "Ah Doh Nai ha Ah Retz", que significa "señor de la tierra". Repita la cruz cabalística para cerrar el ejercicio.
- Una vez que haya dominado la carga de las esferas con la práctica repetida, puede pasar al siguiente paso, que es hacer circular este cuerpo de luz. Utilice técnicas de respiración rítmica para "extender" este cuerpo de luz. Visualice la acumulación de energía de maljut hasta que finalmente se convierta en una esfera de luz. A continuación, visualice que dicha esfera se mueve hacia arriba, hacia kéter, y luego la mueve hacia abajo, hacia el hombro izquierdo, y luego hacia la planta del pie izquierdo, hasta que vuelva a fundirse con maljut.

Cuanto más practique, más capas podrá añadir a este ejercicio. La siguiente etapa de desarrollo del ejercicio del pilar central es añadir colores a su visualización. Aquí va la lista de colores:

- El color de kéter es blanco brillante.
- Dáat es lavanda o un blanco aún menos brillante que kéter.
- Tiféret es dorado.
- Yesod es violeta o púrpura.

- Maljut es oliva.

La práctica no es fácil para los principiantes, especialmente cuando se hace por primera vez. Sin embargo, cuanto más se intente dominar la práctica del RMDP, más fácil será la iniciación en el pilar central. La práctica hace la perfección es la forma proverbial de dominar estos dos ejercicios de meditación, los cuales pueden establecer una base poderosa para su viaje en el mundo más profundo de la magia ceremonial.

Capítulo 7: El poder de los sellos y talismanes

Los sellos y talismanes son bastante comunes en los rituales, especialmente para el mago ceremonial. El pentáculo es un símbolo poderoso en la brujería, utilizado especialmente para el escudo o la protección.

Sin embargo, cualquier imagen o signo puede convertirse en un sello cuando está cargado de propiedades mágicas. Tales símbolos están destinados a dirigir la energía a través de ellos para lograr el objetivo deseado. Por lo tanto, puede elegir un ritual sencillo para describir el proceso de creación de su propio glifo, sello o símbolo. Empecemos.

Entendiendo los sellos

En esta sección, conocerá las respuestas a las siguientes preguntas:

- ¿Qué son los sellos? ¿Por qué funcionan?
- ¿Para qué sirven?
- ¿Cómo se hace un sello propio?

¿Qué son los sellos? En el ámbito de la magia ceremonial, los sellos son representaciones simbólicas de varias entidades, incluyendo espíritus, dioses, diosas, deidades, ángeles, demonios, etc. La llave de Salomón, uno de los grimorios más populares e influyentes a los que acceden los practicantes de todo el mundo, enumera gran cantidad sellos que representan a múltiples seres con diversos fines. Los sellos suelen llevar el nombre del espíritu que se utiliza para invocar o evocar.

Algunos practicantes creen que los sellos están intrínsecamente dotados de la energía del espíritu que representan, mientras que otros prefieren invocar el poder cada vez que necesitan utilizar el sello. Los sellos también representan planetas y sus energías. Estos sellos están imbuidos de la inteligencia y el poder de un planeta en particular.

Un sello planetario suele consistir en un cuadrado mágico con números. Las imágenes se hacen dibujando líneas para conectar diferentes números dependiendo de la energía planetaria necesaria para un ritual de magia ceremonial. Los sellos también son símbolos de intención y poder mágicos. Ejemplos de estos sellos son los hexágonos, las runas, etc. Este tipo de sellos se utilizan para realizar hechizos y maleficios, alejar el mal, etc.

Curiosamente, en los tiempos modernos, los sellos se utilizan comúnmente para crear marcas. Por ejemplo, el símbolo de la marca Nike es un sello que representa a la empresa en todo el mundo. Aunque pueda parecer extraño, no se puede negar el hecho de que se reflexiona mucho sobre la creación de sellos para la creación de marcas. Estos pensamientos suelen provenir del subconsciente, por lo que estos sellos llevan invariablemente el poder de estos pensamientos, que, a su vez, potencian el éxito de una empresa. Además, los sellos de marca están diseñados para invocar una emoción particular en las personas. Las emociones son los factores más importantes que determinan si la gente decide comprar un producto o no.

En el mundo de la magia ceremonial, los sellos sirven para múltiples propósitos. Algunos de ellos son los siguientes:

Los sellos son objetos que le ayudan a manifestar esos deseos enterrados en su mente subconsciente. La mente consciente trabaja con palabras, mientras que la mente subconsciente lo hace con símbolos e imágenes. Los sellos ayudan a eludir los mecanismos de duda que retienen a la mente consciente, impidiéndole perseguir sus deseos y anhelos aparentemente inalcanzables.

La mente consciente es la sede de la duda y la autocrítica. Al manifestar sus deseos en un sello, sus deseos literalmente se "escabullen" de la mente consciente dudosa, lo cual es el primer paso para convertirse en realidad. Los sellos le permiten comunicarse directamente con su mente inconsciente. De esta manera, puede provocar los cambios deseados en su mente inconsciente. En la magia ceremonial, los sellos se utilizan específicamente para conjurar entidades espirituales de otro mundo.

¿Qué hace que los sellos funcionen? Una gran parte de la magia ceremonial se origina en su mente. Esta es la razón por la que los primeros capítulos de este libro tratan sobre el control y la gestión de su mente para que pueda dirigirla a hacer su voluntad. La mente humana es un órgano poderoso, y consciente o inconscientemente, su vida toma forma según su mente. La mente influye en su forma de vida mucho más de lo que puede imaginar.

Tenemos algo en el cerebro llamado sistema de activación reticular, un conjunto de nervios en la parte inferior del cerebro. Este sistema funciona como un filtro de la realidad y clasifica la información en el cerebro. Los sellos son excelentes para preparar al sistema de activación reticular para que busque las cosas que usted quiere que el cerebro busque; los sellos en cierto modo impulsan a este sistema a seguir sus sueños y deseos. Los sellos dirigen a su mente inconsciente a buscar cosas que usted busca y desea profundamente.

Como ya se ha explicado anteriormente, dado que los sellos son imágenes, son excelentes para sortear los mecanismos de duda de su mente consciente porque las imágenes son bien leídas y absorbidas por la mente inconsciente. Los sellos son especialmente útiles cuando desea algo con urgencia, pero siente que no lo merece o no sabe cómo adquirirlo.

Cuando crea sus propios sellos, sus emociones se unen al objeto tangible. En consecuencia, sus emociones crean efectos en el mundo real. Las ideas y las emociones juntas crean la realidad.

Cómo crear su propio sello

Hacer un sello es todo lo que tiene que ver con:

- Saber qué es lo que más desea.
- Convertir ese deseo en una imagen mágica.
- Cargar la imagen.

El último paso es olvidarse por completo de su deseo. Las dos partes más difíciles de hacer el sello de esta manera son "conocer su deseo más íntimo" y luego "olvidar lo que quería en primer lugar". Para sortear la primera dificultad, debe preguntarse repetidamente qué es lo que quiere. Y para conseguirlo, debe discernir claramente entre lo que está ocurriendo y lo que cree que está ocurriendo en su vida. La claridad para estas respuestas le llegará fácilmente cuando sus niveles de autoconocimiento y autoconciencia sean poderosos.

Cuando usted sabe la diferencia entre lo que realmente está sucediendo y lo que piensa que está sucediendo, se hace más fácil impulsar el sello en el espacio de probabilidad en el que se encuentran sus deseos más profundos. Una vez que sepa lo que realmente desea, cree primero una frase y, por último, redúzcala de forma que las palabras sean potentes pero fáciles de repetir como si se tratara de un canto.

Pongamos un ejemplo para ilustrar este punto. Si desea crear sellos que funcionen eficazmente, entonces su primer sello podría ser potenciado para que el futuro funcione bien. Así, la declaración de intenciones de su primer sello puede ser "mis sellos funcionan".

El siguiente paso es eliminar las vocales. Con este paso, la declaración de intenciones anterior queda como "MSSLLSFNCNN". Se cree que las vocales se eliminan porque el hebreo, la madre de todas las lenguas (especialmente en el mundo de la magia), no utiliza vocales. Esta tradición hebrea se toma prestada en este paso para reducir la declaración de intención.

Hay otro punto interesante a tener en cuenta en este paso. Cuando elimina las vocales, la declaración de intenciones se transforma de un formato que la mente consciente reconoce a uno menos reconocible. La idea aquí es que su mente subconsciente comienza a reconocer y recordar lo que está sucediendo de aquí en adelante. Una frase u oración sin vocales se convierte en una metáfora aparentemente sin sentido de su deseo, cuyo significado retiene su mente inconsciente.

El siguiente paso es eliminar las consonantes duplicadas. Así, en el ejemplo anterior, la nueva declaración de intención sería. "MSLFNC". La eliminación de los duplicados reduce aún más el número de letras, lo que facilita la creación del sello correspondiente. Además, con cada paso de eliminación de las letras sobrantes, está eliminando la conexión con la mente consciente y potenciando la conexión con la mente inconsciente.

El siguiente paso es crear una imagen que se corresponda con esta apretada pero poderosa declaración de intenciones. Este paso se deja enteramente a su imaginación, y usted puede ser tan descabellado como quiera o mantenerlo tan simple como desee. El truco consiste en incluir todas las letras en su declaración de intenciones final y crear una imagen, ya sea uniendo todas las letras para dar lugar a una imagen creativa o utilizando imágenes que representen cada una de las letras para crear un ídolo hecho de una especie de collage.

Por ejemplo, puede empezar escribiendo la M. Luego, desde la parte central de la M, escriba una S invertida. Puede colocar la S en el espacio entre la M. Puede colocar la L sobre la M. Puede poner la F desde el tallo de la S hasta la línea de pie izquierda de la M, extendiéndose hacia afuera con la línea horizontal de la N apuntando hacia abajo. No importa que algunas de las letras estén al revés o invertidas siempre que pueda reconocerlas. De este modo, inserte todas las letras en su imagen para crear un sello único que represente la declaración de intención original, "MIS SELLOS FUNCIONAN".

Cuando termine de utilizar todas las letras, rodee su imagen única dentro de un círculo, un óvalo, un cuadrado o cualquier otra forma que le resuene. Esta figura envolvente sella su imagen con su intención. Veamos un ejemplo de sello creado con las imágenes representadas por las letras. Supongamos que utiliza las siguientes imágenes:

- **M** - Montaña
- **S** - Sol
- **L** - Lago
- **FN** - Fuego naciente
- **C. Canto** - Una imagen de usted cantando

Tome fotos en tamaño miniatura de todas las ideas anteriores y cree una escena que le guste. Rodee la imagen final con un marco de su elección y tendrá su sello basado en una imagen listo para la limpieza y la carga.

Independientemente de la imagen que elija para su sello, el truco consiste en impregnarla de su poder personal. Esto se consigue transfiriendo sus emociones, deseos, oraciones y anhelos mientras crea su sello. Ponga su corazón y su alma en esta actividad y, al final, su sello será una auténtica representación del sueño que ha elegido.

Cargando su sello

Su sello ya está parcialmente listo. Para activar su poder, tiene que cargarlo con su intención. Cargar su sello es como programarlo para que cumpla sus órdenes. Puede utilizar cualquier fuente de energía que desee, como el calor, la luz, la emoción, el movimiento, el dolor, etc. Se pueden utilizar diferentes métodos para cargar el sello, dependiendo del propósito. Por ejemplo, puede utilizar agua si quiere un sello para un nuevo comienzo o para limpiar a alguien o algo de energía negativa.

Si su sello es para la felicidad o la prosperidad, puede utilizar la luz del sol. Si su sello es para eliminar algún tipo de espíritu maligno de su vida, puede incluso quemarlo. Por lo tanto, dependiendo de lo que quiera de su sello, podría tener uno físico al final del ritual de carga, o podría dejarle llevando en él las cosas de las que quería deshacerse. Estos son algunos métodos de carga y para qué son más adecuados:

- Su energía personal es excelente para aumentar la confianza, deshacerse de las dudas y los miedos o ansiedades, etc.
- La energía musical funciona muy bien para las emociones, el arte, la creatividad, etc. Por ejemplo, si necesita un amuleto para desarrollar sus habilidades creativas, puede cargarlo con su música favorita.
- La energía de la luz de la Luna es la más adecuada para la clarividencia, las profecías, los viajes astrales, los secretos, el amor, los misterios, los problemas de la menstruación, los objetivos y el sueño.
- La energía de la luz del Sol es ideal para cargar sellos para la visión, la perspicacia, la búsqueda de la verdad, el aprendizaje y la educación, la salud mental, la felicidad, la perfección, la prosperidad y la amistad.
- Cargar sellos con la energía del agua es ideal para el renacimiento, la renovación, la madurez, la tristeza, los sueños, los poderes psíquicos, la curación, los problemas de la menstruación, el cambio y la adaptabilidad.
- La energía del fuego se puede utilizar para cargar sellos hechos para la pasión, el amor, el deseo, la sexualidad, el destierro, la motivación, la inspiración, la fuerza y el atletismo.
- La energía del aire funciona bien para sellos relacionados con la elocuencia, el habla, la comunicación, la voz, el conocimiento, la memoria, la adivinación, la espiritualidad, la risa y la felicidad.
- Los sellos para centrar, enraizar, crecimiento, estabilidad, fertilidad, prosperidad, riqueza, carrera y empleo, límites, hogar, familia y confianza pueden cargarse con la energía de la tierra.

Estos son algunos métodos que puede utilizar para cargar sus sellos:

Energía del fuego - Dibuje su intención en un papel y quémelo. O dibújela en un fuego artificial y enciéndalo. También puede tallarla en una vela y encenderla. Deje que el sello de la vela se derrita. Si es un sello que quiere llevar consigo, puede cargarlo acercándolo a la llama de una vela o a la luz y dejando que absorba la energía del calor.

Energía del aire - Dibuje o escriba su intención y colóquela en una campana de viento durante un día. Cuelgue el sello en algún lugar donde pueda ser soplado por el viento natural o por el aire de un ventilador. Un globo puede convertirse en su sello. Dibuje o escriba su intención en un globo y hágalo estallar. Otra forma de aprovechar la energía del aire es escribir su intención en una cometa y hacerla volar durante un tiempo. Esta cometa cargada puede ser su sello. Guárdelo en un lugar seguro hasta que se cumpla su deseo.

Energía del agua - Inscriba su intención en la sal guardada en un cuenco, y luego disuelva la sal en el agua. Lave su sello con agua corriente o que esté fluyendo. Dibújelo en hojas de té, prepare un té con estas hojas y bébalo. El sello formará parte de su cuerpo. Dibuje su intención en cualquier parte de su cuerpo, y luego tome una ducha y deje que se lave.

Energía de la tierra - Sepulte el sello bajo tierra durante una semana y deje que se cargue con la energía de la tierra. Puede utilizar la energía del cristal (que proviene de la tierra) para cargar su sello.

Energía de la luz - Coloque su sello durante uno o dos días a la luz del sol o de la luna, según sus necesidades.

Energía personal - Añada una gota de su sangre al sello. Mantenga el sello en su mano y realice alguna actividad física como bailar, correr, etc. Mantenga el sello en la mano mientras siente una emoción extrema.

En resumen, los principales pasos para trabajar con sellos y talismanes son:

- Escribir una frase que resuma su objetivo
- Dibujar la imagen visual con la mayoría de las letras de la frase según su preferencia personal
- Cargar su sello
- Hacer un pacto para borrarlo de su memoria a fin de que funcione conscientemente

Talismanes de uso común en la magia ceremonial

También puede comprar estos talismanes para su magia ceremonial. Todos ellos son comúnmente utilizados por los practicantes de todo el mundo.

El mal de ojo - La historia del antiguo Egipto está plagada de historias sobre el "mal de ojo" y sobre cómo los talismanes bien diseñados pueden desviar sus poderes. Se cree que el "mal de ojo" aleja todas las energías negativas que emanan de una mirada maligna. Los sentimientos malignos pueden ser cualquier cosa, incluyendo la ira, los celos, el resentimiento, etc. El talismán del mal de ojo sigue teniendo fe en el mundo moderno, ya que la gente lo utiliza incluso ahora para alejar las energías negativas de sus vidas.

Sello de Salomón - También llamado estrella de David, este talismán protector está formado por dos triángulos superpuestos. El que apunta hacia arriba representa la masculinidad, el fuego y el cielo. El triángulo que apunta hacia abajo representa la feminidad, la tierra y el agua.

Anj - Otro nombre para el anj es la cruz egipcia. Este antiguo símbolo jeroglífico egipcio se parece a una cruz con un lazo añadido en la parte superior. Este símbolo representa la vida eterna y, por tanto, también se conoce como la llave de la vida. Los antiguos egipcios colocaban anjs en las momias porque creían que este talismán protegía a los muertos en el más allá.

Ganesha - El ídolo de uno de los dioses hindúes más venerados se utiliza para eliminar obstáculos. Ayuda a su portador a avanzar en su vida, ayudándole a superar retos y barreras.

Sagrado corazón - Este famoso talismán católico romano representa el corazón de Jesús con una corona de espinas. Representa el sacrificio final de Cristo y se utiliza para lograr la unión de los corazones.

Tanto si hace su propio sello y talismán como si compra uno en una tienda, el truco para que le funcione es impregnarlo de su poder y energía personales. Además, su mente juega un gran papel en la eficacia de un sello. La mente subconsciente es como un mamut, pero oculto a la vista. Cuanto más acceda a esta parte oculta de su mente, y cuanto menos dependa de su mente consciente, más profundo se adentrará en la magia ceremonial.

Capítulo 8: Proyección astral práctica

En este capítulo, exploraremos la proyección astral. La proyección astral es un término utilizado para las experiencias fuera del cuerpo.

Comprender la proyección astral o las experiencias extracorporales

La proyección astral es una antigua práctica esotérica que se ha utilizado durante siglos en numerosas culturas nativas de todo el mundo. Hoy en día, además de utilizarse en la magia ceremonial, la proyección astral también se utiliza como una forma de autoayuda. Se sabe que ayuda a las personas a profundizar en su práctica espiritual.

Suponga que ha experimentado una sacudida repentina o que se ha sobresaltado hasta quedar medio dormido. En ese caso, podría haber sido parte de una experiencia de proyección astral involuntaria. La sacudida o sensación de sobresalto se produce porque su cuerpo astral ha regresado a su forma física de forma incontrolada y rápida. Las experiencias de proyección astral ocurren de forma natural e inconsciente cuando se duerme.

¿Qué es la proyección astral? Es una experiencia extracorporal realizada de forma intencionada y consciente. Implica estar en un estado onírico pero consciente. Aunque esté soñando, usted tiene el control de los acontecimientos de su sueño, y está lúcido y plenamente consciente. Este tipo de experiencias pueden lograrse mediante diversos métodos, como la hipnosis, la meditación, etc. La proyección astral consiste en "viajar" a otros reinos del espacio, el tiempo y la conciencia utilizando el poder de su mente.

Mientras que las personas normales tienen experiencias extracorporales de forma subconsciente, es posible tenerlas de forma consciente y deliberada. El fundamento para que tal cosa ocurra es que hay un número infinito de realidades, reinos y planos de conciencia en la dimensión astral. Otro elemento importante del viaje astral es la creencia de que los seres humanos tenemos cuerpos astrales además de nuestros cuerpos físicos. El cuerpo astral se conoce con otros nombres, como cuerpo etérico, cuerpo sutil y cuerpo energético.

La clave del éxito de cualquier empresa es tener fe y deshacerse de los miedos desconocidos (y a menudo infundados). Por lo tanto, comience su viaje al mundo de la proyección astral con pensamientos sanos y positivos. Recuerde las caras felices y sonrientes de sus amigos y seres queridos. Anticipe la inminente experiencia de la proyección astral con alegría y no con miedo. Sepa que estará a salvo.

Desmontando mitos sobre la proyección astral

Antes de pasar a conocer cómo realizar la proyección astral, vamos a desmentir algunas ideas y mitos erróneos sobre este tema.

Muchas personas creen que la proyección astral es un fenómeno reciente que se originó en el mundo occidental. Nada más lejos de la realidad. El concepto de separar el cuerpo sutil del físico es un pensamiento antiguo, y muchos sabios, eruditos y santos lo han practicado durante miles de años en la parte oriental del mundo.

Tanto en China como en la India abundan las historias de hombres y mujeres sabios que experimentan proyecciones astrales. El taoísmo habla de un concepto en la antigua China en el que se crea una entidad distinta llamada cuerpo energético a través de la meditación intensa. Los monjes que han dominado el proceso mantienen ambos cuerpos y pueden aparecer en más de un lugar simultáneamente.

En la antigua India, los yoguis utilizaban sus poderes de proyección astral para crear poderosas experiencias fuera del cuerpo y viajar a vastos espacios astronómicos para aprender más sobre el universo.

Otro mito común sobre la proyección astral es que se trata de un fenómeno poco frecuente; esto no es realmente cierto. Muchos de nosotros tenemos esta experiencia, especialmente mientras dormimos, aunque muy pocos la reconocemos. Además, cuando las personas están profundamente deprimidas o ansiosas, o muy enfermas, también pueden experimentar experiencias similares a la proyección astral.

El tercer mito sobre la proyección astral es que es imposible o muy, muy difícil de realizar. En realidad, esta técnica es sencilla y puede ser aprendida por cualquier persona con la ayuda de un guía y consejero capacitado. Sin embargo, dominarla requiere mucha práctica paciente. Es una actividad espontánea, y cualquiera puede hacerla con un poco de ayuda.

El cuarto mito es que solo los adultos pueden experimentar o realizar proyecciones astrales y que los niños no pueden ni deben hacerlo. En realidad, los niños tienden a experimentar proyecciones astrales más que los adultos, gracias a sus personalidades inocentes y no contaminadas por los artificios humanos que se contagian más tarde en la vida.

La mente de los niños está mucho más abierta a experiencias nuevas y novedosas, lo que les facilita tener experiencias únicas como las proyecciones astrales. La mente de un adulto, en cambio, es mucho más cerrada y rígida y está controlada por la mente consciente. Con estos mitos derribados, puede dejar atrás sus miedos y avanzar con confianza en el camino de la proyección astral.

Medidas de seguridad

Aunque no hay ningún peligro directo al practicar la proyección astral, debe seguir estrictamente estas medidas de seguridad para evitar sucesos dañinos y situaciones peligrosas, como cualquier otra disciplina espiritual.

La primera y más importante regla respecto a las medidas de seguridad es que está estrictamente prohibido realizar la proyección astral bajo la influencia de drogas, alcohol, etc. Pero aquí hay algunas indicaciones más para ayudarle a tener una experiencia segura y significativa.

Se cree que el cuerpo físico está conectado al cuerpo astral a través de un cordón de plata que une la carne y el espíritu. Los planos astrales son espacios intermedios poblados por diversos seres, como espíritus buenos y malos, demonios buenos y malos, dioses y diosas buenas y malas, y muchos más. Los reinos astrales son lugares donde nuestros espíritus pueden ir a recargarse y rejuvenecer.

Cuando su espíritu viaje a estos reinos, recuerde que es un invitado o visitante allí; *las reglas y regulaciones de los visitantes le obligan*. En sus viajes oníricos se encontrará con asistentes astrales. Algunos de ellos pueden ser seres queridos, otros sus rivales, y algunos pueden ser incluso extraños.

Incluso si son extraños, tendrán algún tipo de información perspicaz que compartir con usted si le están "atendiendo". Si se rompe alguna regla, su espíritu es enviado de vuelta, o peor aún, podría regresar al reino físico llevando los impactos negativos de sus comportamientos y actitudes. Por lo tanto, siga las reglas y regulaciones de los planos astrales durante sus estancias astrales.

Otra cuestión que debe tener en cuenta es que algunos espíritus pueden adherirse a su espíritu para entrar en el mundo físico. Debe estar atento y ser precavido con su entorno. Aquí hay algunos consejos para mantenerse a salvo en los planos astrales:

Utilice amuletos protectores. Haga sus propios amuletos o consiga amuletos que le protejan de cualquier daño en los viajes astrales. Los siguientes cristales son excelentes para usar en sus sesiones de proyección astral:

- **Ágata** -Para calmar y relajar la mente
- **Cuarzo Claro** - Para abrir las puertas de los reinos astrales
- **Cuarzo Rosa** - Amor abundante para vencer el miedo
- **Citrino** - Para alejar la negatividad
- **Amatista** - Para los sueños lúcidos
- **Aventurina** - Para la estabilidad emocional
- **Hematita** - Para fortalecer el vínculo entre tu espíritu y tu cuerpo
- **Anhidrita** - Para conectar con sus espíritus guardianes
- **Turmalina negra** - Para la protección

Visualizaciones - Las visualizaciones se basan en sus pensamientos. Cuando sienta y piense que está a salvo, estará a salvo. Comience su experiencia de proyección astral con técnicas de visualización de protección. Imagine un círculo de luz que le rodea, protegiéndole y amortiguándole de todos los peligros.

Visualice un par de grandes manos blancas de luz que bajan del cielo y limpian y despejan suavemente su aura desde la parte superior de la cabeza hasta la punta del pie. Imagine que toda la negatividad es eliminada de su interior y de su exterior. Abrace la sensación de limpieza e higiene que le dará esta visualización.

Cómo realizar la proyección astral

No existe un manual de instrucciones universal para los métodos de proyección astral. Aprenderá sobre la marcha, y notará que su cuerpo y su mente se vuelven automáticamente flexibles y se adaptan a las experiencias dinámicas que surgen en su práctica. He aquí algunos consejos básicos que debe tener en cuenta antes de iniciar este fascinante viaje:

- Los principiantes deben comenzar con la práctica de la meditación. Si la meditación no forma parte de su rutina diaria, debe empezar por reservar unos minutos al día para practicarla. Utilice este tiempo para calmar y relajar su mente. También puede trabajar con técnicas de sueños lúcidos para aumentar el poder de su mente. Consulte las distintas técnicas que se tratan en el capítulo 4 para desbloquear los poderes de su mente.
- Antes de intentar los siguientes pasos para experimentar la proyección astral consciente, practique todas las posibles medidas de seguridad.
- Busque un lugar tranquilo y sin interrupciones y sitúese en una posición cómoda. Evite acostarse para la práctica porque es fácil quedarse dormido durante la sesión. Sentarse erguido es una posición segura para realizar esta práctica. Utilice cualquier tipo de música de meditación que no tenga ritmos de tambor.
- Empiece por despejar todos los pensamientos de su cabeza. Concéntrese en su respiración y observe en silencio cómo sus pensamientos van y vienen. Relájese. Con cada inhalación, inhale paz y armonía, y expulse las perturbaciones, el ruido y la desarmonía con cada exhalación.
- Concéntrese en cada parte de su cuerpo, empezando por los dedos de los pies hasta la cabeza, y exhale toda la incomodidad y rigidez de su cuerpo. Repita la siguiente afirmación: "mi cuerpo está relajado; vuelo, floto, me elevo". Cuando note que su mente se desvía, haga que su

mente vuelva a la afirmación.

Con la práctica repetida, se encontrará en un estado elevado de relajación y conciencia. Sus sentidos alcanzarán un estado supremo de conciencia, y su ser interior se elevará a la cima de su conciencia. Por otro lado, su cuerpo se volverá totalmente relajado y pesado. Esta etapa es la primera etapa para entrar en la etapa de proyección astral.

Siga repitiendo su mantra reiteradamente para despejar su mente de todos los pensamientos. A medida que se vaya relajando, visualice una versión transparente de su cuerpo levantándose y separándose de su cuerpo físico. Cuando esta visualización sea clara, y su mente esté fijada en esta imagen, entonces intente girar su cuerpo astral para mirar su cuerpo físico.

Es fundamental tener paciencia. La impaciencia por salir de su cuerpo será contraproducente para sus esfuerzos. Por lo tanto, persista en sus esfuerzos sin impaciencia. Su cuerpo astral dejará su cuerpo físico tarde o temprano. Cuando ocurra por primera vez, sentirá una repentina sacudida porque esta poderosa realización obligará a su cuerpo astral a regresar. Cuanto más practique, más fácil será el proceso.

Cuando su cuerpo astral abandone su cuerpo físico, se sentirá como si estuviera en un vehículo en movimiento. Esta es la señal de la separación de sus cuerpos astral y físico. Una variedad de colores y luces aparecen frente a sus ojos. Utilice sus pensamientos para moverse en el plano astral.

Cuando quiera volver a su cuerpo, simplemente decida hacerlo. Visualícese de nuevo en su cuerpo físico. Cuente del 1 al 10, concentrándose en cada parte de su organismo. Cuando se sienta preparado, mueva suavemente las manos y los dedos de los pies y mueva lentamente todas las demás partes de su cuerpo. No se apresure en el proceso. Tómese su tiempo para volver. Recuerde que podría haber estado físicamente inmóvil durante muchas horas, y el retorno de la conciencia a su cuerpo físico debe ser lento y constante.

Consejos para aumentar sus poderes de proyección astral

Cuanto más practique, mejor será su proyección astral. A continuación, le ofrecemos otros consejos y recomendaciones para que pueda aumentar los poderes de la proyección astral.

Aproveche el poder de sus habilidades naturales. La proyección astral es un aspecto natural de nuestras vidas. Es una habilidad innata con la que todos nacemos. Como todas las cosas naturales, cuanto más la usemos, más aguda y fuerte se volverá la habilidad. Por lo tanto, lo único que hace falta es eliminar los bloqueos y obstáculos que oscurecen y embotan esta habilidad. Concéntrese en un punto frente a usted. Visualice su mente en ese lugar, observándole a usted y a sus comportamientos desde fuera. De este modo, podrá aprovechar sus poderes inherentes de proyección astral.

Practicar la meditación diaria - Medite con regularidad y siga buscando formas de conectar con su yo interior. La meditación es una gran manera de limpiar el desorden de su mente, ya que le permite pavimentar y despejar el camino para acceder a las partes más profundas de su subconsciente. Mientras más conexión tenga con su mente inconsciente, más poder tendrá para la proyección astral.

Trabajar con cristales. El poder y la energía de los cristales tienen inmensas aplicaciones en el mundo de la magia ceremonial. Se utilizan en las prácticas de curación, la meditación, y muchas más aplicaciones de este tipo. Se utilizan de forma rutinaria para varios propósitos durante las sesiones de viaje astral. Puede consultar una pequeña lista que se ofrece en una sección anterior de este capítulo para obtener más detalles.

Practicar las técnicas de proyección astral en la oscuridad - Las proyecciones astrales requieren una intensa concentración en nuestro mundo interior para poder desconectar del mundo físico exterior. La luz es una gran distracción para este propósito. Por lo tanto, haga sus prácticas habituales en la oscuridad. Un buen antifaz es excelente para asegurar que la luz exterior no distraiga la práctica.

Dejar de lado las expectativas - No comience sus sesiones esperando algo. Solo hágalo porque quiere hacerlo. No se concentre en los resultados. Concéntrese en el proceso y en lo que tiene que hacer. Cuando deja de lado las expectativas, se libera de su carga, y a su mente le resulta fácil fluir con naturalidad, llevándole a donde necesita estar.

Aprender y practicar las técnicas de proyección y viaje astral le ayuda a profundizar en su conocimiento espiritual y le libera de formas inimaginables. La idea de que su cuerpo físico no le ata ni puede atarle a las cosas es un pensamiento altamente liberador. Saber que puede realizar un viaje astral para alejarse del dolor y el sufrimiento es una gran sensación. Cuando regrese, estará lo suficientemente rejuvenecido y renovado como para afrontar los retos de la vida con mayor vigor.

Y, por último, es mejor no intentar la proyección astral por su cuenta, al menos al principio, hasta que aprenda bien el proceso. Tiene mucho sentido recurrir a un guía experimentado que le ayude en su proceso de aprendizaje. La clave de cualquier empresa es la práctica persistente y paciente. Cuanto más practique, más gratificantes serán sus experiencias de proyección astral. Podrá llegar a la etapa de maestro en la que podrá leer y comprender la mente de las personas mientras pasa por los planos astrales.

Capítulo 9: Los secretos de la astrología en la cábala

La astrología y la cábala están estrechamente relacionadas. El sistema heliocéntrico de organización planetaria es una idea antigua, y el crédito de este pensamiento no se limita a la ciencia moderna. La astrología cabalística, *mazal* o *mazalot*, organiza los planetas, los signos del zodiaco y las estrellas tanto móviles como fijas utilizando el sistema heliocéntrico. La astrología cabalística interpreta y entiende las cartas natales a través de una lente cabalística.

Los zodiacos hebreos

El séfer HaMazalot identifica 12 constelaciones zodiacales dentro de los 12 meses del calendario judío. Los astrólogos cabalistas observan los planetas en relación con cada sefirá del árbol de la vida. Cada sefirá indica un rasgo particular de la personalidad. En la astrología cabalística, las 12 constelaciones del zodiaco son:

- **Taleh** - Corresponde a aries y al mes hebreo de nisán
- **Shor** - Corresponde a tauro y al mes hebreo de iyar
- **Teomim** - Corresponde a géminis y al mes hebreo de siván
- **Sarton** - Corresponde a cáncer y al mes hebreo de tamuz
- **Aryeh** - Corresponde a leo y al mes hebreo de av

- **Betulah** - Corresponde a virgo y al mes hebreo de elul
- **Moznayim** - Corresponde a libra y al mes hebreo de tishrei
- **Akrab** - Corresponde a escorpio y al mes hebreo de jeshván
- **Keshet** - Corresponde a sagitario y al mes hebreo de kislev
- **Gedi** - Corresponde a capricornio y al mes hebreo de tevet
- **D'li** - Corresponde a acuario y al mes hebreo de shevat
- **Dagim** - Corresponde a piscis y aldebarán y al mes hebreo de adar

Según la astrología cabalística, cada una de las diez sefirot está vinculada a una característica de la astrología. Esta relación entre las sefirot y la astrología existe en el más bajo de los cuatro mundos de la cábala, es decir, Assiah. He aquí una lista de estas conexiones astrológicas, los planetas y las diez sefirot:

- **Kéter** - Kéter está conectado con Neptuno, y su signo astrológico es luz infinita.
- **Jojmá** - Jojmá está relacionado con Urano, y su signo astrológico es el zodiaco.

- **Biná** - Biná está conectado con Saturno, y sus signos astrológicos son acuario y capricornio.
- **Jesed** - Jesed está conectado a Júpiter, y sus signos astrológicos son piscis y sagitario.
- **Geburá** - Geburá está conectado a Marte, y sus signos astrológicos son escorpio y aries.
- **Tiféret** - Tiféret está relacionado con el Sol, y leo es su signo astrológico.
- **Netsaj** - Netsaj está relacionado con Venus y sus signos astrológicos libra y tauro.
- **Hod** - Hod está conectado a Mercurio, y sus signos astrológicos son géminis y virgo.
- **Yesod** - Yesod está conectado a la Luna, y cáncer es su signo astrológico.
- **Maljut** - Maljut está conectado con la Tierra, y se relaciona con los ascendentes y las casas en la astrología.

El significado del alfabeto hebreo

Cada letra del alfabeto hebreo tiene un significado y un valor numérico. Veamos el alfabeto hebreo y sus significados:

- **Alef** - Su forma es א, tiene un sonido silencioso, y su valor numérico es 1.
- **Bet** - Su forma es בּ, tiene el sonido de "b", y su valor numérico es 2.
- **Vet** - Su forma es ב, tiene el sonido de "v", y su valor numérico es 2.
- **Guímel** - Su forma es ג, tiene el sonido de "g", y su valor numérico es 3.
- **Dálet** - Su forma es ד, tiene el sonido de "d", y su valor numérico es 4.
- **Hei** - Su forma es ה tiene el sonido de "h", y su valor numérico es 5.
- **Vav** - Su forma es ו, tiene el sonido de "o", y su valor numérico es 6.

- **Zayn** - Su forma es ז, tiene el sonido de "z", y su valor numérico es 7.
- **Jet** - Su forma es ח, tiene el sonido de "kh", y su valor numérico es 8.
- **Tet** - Su forma es ט, tiene el sonido de "t", y su valor numérico es 9.
- **Yod** - Su forma es י, tiene el sonido de "y", y su valor numérico es 10.
- **Kaf** - Su forma es כ, tiene el sonido de "k", y su valor numérico es 20.
- **Lámed** - Su forma es ל, tiene el sonido de "l", y su valor numérico es 30.
- **Mem** - Su forma es מ, tiene el sonido de "m", y su valor numérico es 40.
- **Nun** - Su forma es נ, tiene el sonido de "n", y su valor numérico es 50.
- **Sámej** - Su forma es ס, tiene el sonido de "s", y su valor numérico es 60.
- **Ayin** - Su forma es ע, tiene el sonido de doble silencio, y su valor numérico es 70.
- **Pei** - Su forma es פּ, tiene el sonido de "p", y su valor numérico es 80.
- **Fei** - Su forma es פ, tiene el sonido de "f", y su valor numérico es 80.
- **Tzadi** - Su forma es צ; tiene el sonido de "tz", y su valor numérico es 90.
- **Qof** - Su forma es ק, tiene el sonido de "k", y su valor numérico es 100.
- **Resh** - Su forma es ר, tiene el sonido de "r", y su valor numérico es 200.
- **Shin** - Su forma es שׁ, tiene el sonido de "sh", y su valor numérico es 300.
- **Shin** - Su forma es שׂ, tiene el sonido de "s", y su valor numérico es 300.

- **Tav** - Su forma es ת, tiene el sonido de "t", y su valor numérico es 400.
- **Sav** - Su forma es ת, tiene el sonido de "s", y su valor numérico es 400.

Cinco letras, entre ellas kaf, mem, nun, fei y tzadi (incluidas en la lista anterior), cambian de forma cuando aparecen al final de una palabra. No hay vocales en el alfabeto hebreo. Los símbolos adicionales colocados encima o debajo de una consonante se utilizan para el sonido de la vocal. Llamados "nekudot" (son puntos), estos símbolos convierten una cadena de consonantes en palabras significativas y pronunciables.

Las estrellas fijas en la astrología cabalística

Una colección de quince estrellas llamadas estrellas fijas bebenias son muy útiles en muchas aplicaciones de la magia ceremonial. El nombre de esta colección tiene su origen en la palabra árabe "bahman" o raíz. Cada una de estas estrellas es una poderosa fuente de energía astrológica para uno o más planetas. Cada una de las estrellas está asociada con cristales específicos, plantas y un símbolo cabalístico.

Cuando un planeta se encuentra a menos de 6 grados de su estrella asociada, se cree que el efecto planetario es más fuerte. Aquí hay una lista de estas quince estrellas y su cristal y símbolo asociados para su referencia. Esta información puede utilizarse cuando sus rituales se basen en la fuerza planetaria.

- **Algol** - Conocida coloquialmente como la estrella del demonio, su piedra preciosa es el diamante y la planta es el eléboro negro. Está relacionada con los planetas Saturno y Júpiter. El símbolo cabalístico es 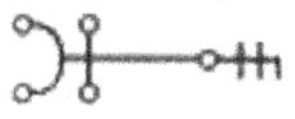 .
- **Alcyone** - También conocido como Pléyades, los planetas de Alcyone son Luna y Marte. Su piedra preciosa es el cristal de roca y su planta el hinojo. El símbolo es 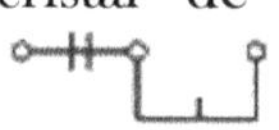 .

- **Aldebarán** - Marte y Venus están asociados a esta gigantesca estrella. Su piedra preciosa es el rubí o el granate, y su planta el cardo mariano. Su símbolo es .
- **Capella** - Vista de forma destacada en el cielo del invierno boreal, los planetas de la capella son Júpiter y Saturno, su piedra preciosa es el zafiro y su planta el tomillo. Su símbolo es .
- **Sirius** - La estrella más brillante del cielo nocturno está relacionada con Venus. Su piedra preciosa es el berilo y su planta el enebro. El símbolo es .
- **Procyon** - La estrella está vinculada a Mercurio y Marte, su piedra preciosa es el ágata y su planta es el ranúnculo. El símbolo es .
- **Regulus** - Es la estrella más brillante de la constelación de leo, y está asociada a Júpiter y Marte. Su cristal es el granito y su planta la artemisa. El símbolo es .
- **Alkaid** - Conocida como la cola de la osa mayor, los planetas de Alkaid son Venus y la Luna, su cristal es el imán y su planta es la sucoria. El símbolo es .
- **Algorab** - También conocido como delta Corvi, los planetas de Algorab son Marte y Saturno, su piedra preciosa es el ónice y su planeta es la bardana. El símbolo es .
- **Spica** - Spica está relacionada con los planetas Venus y Mercurio, su piedra preciosa es la esmeralda y su planta es la salvia. El símbolo es .
- **Arcturus** - Esta estrella está asociada a Marte y Júpiter, su cristal es el jaspe y su planta es el plátano. El símbolo es .
- **Alphecca** - También conocida como Elpheia, esta estrella está vinculada a Venus y Marte, su piedra preciosa es el topacio y su planta el romero. El símbolo es .
- **Antares** - De aspecto claramente rojo a simple vista, Antares se asocia con Venus y Júpiter; su piedra preciosa es

el sardónice, y su planta la Aristolochia. El símbolo es .

- **Vega** - Vega está asociada a Mercurio y Venus, su piedra preciosa es el crisolito y su planta es la ajedrea de invierno. El símbolo es .
- **Deneb Algedi** - Esta estrella está asociada a Saturno y Mercurio, su cristal es la calcedonia y su planta la mejorana. El símbolo es .

El Séfer Ietzirá y la astrología cabalística

El Séfer Ietzirá es uno de los manuscritos más sagrados de la cábala, y habla con detalle de la conexión entre el universo, los planetas y el cuerpo humano. El lenguaje energético detallado en este libro sagrado judío no es una colección arbitraria de signos y símbolos que representan la pseudoastrología.

La información astrológica contenida en el Séfer Ietzirá es un sistema no arbitrario y preciso de símbolos y signos. Las conexiones y correlaciones discutidas en este libro están en forma de ecuaciones semánticas derivadas de los nombres de los planetas y sus signos zodiacales. Estas ecuaciones describen la energía encarnada en la combinación colectiva del zodiaco, los planetas y sus características astrológicas.

Los símbolos familiares de la astrología se corresponden con las energías estructurales de otro sistema de símbolos basado en estructuras y energías relacionadas con la vida, la muerte y la existencia. El Séfer Ietzirá ofrece una nueva perspectiva de la astrología en la que se pueden percibir y experimentar los símbolos y signos familiares de los planetas y el zodiaco desde el interior y no como sistemas de creencias externas de la astrología popular.

Por ejemplo, en la astrología popular tradicional, el planeta Marte se representa como agresión, iniciativa, actividad y energía. La astrología tradicional dice que la posición de Marte en la carta natal indica cómo expresa su ira, se hace valer ante los demás y satisface sus necesidades. Es un índice de la energía y la resistencia del individuo. Habla del enfoque de la iniciativa de las personas, de cómo se enfrentan a las circunstancias y a las personas de su vida.

La astrología cabalística utiliza un enfoque más profundo y esotérico que la comprensión básica de la astrología tradicional. La profundidad comienza con los alfabetos hebreos. Cada letra del alfabeto hebreo tiene un significado que se refleja en la ortografía de las palabras. En todos los textos sagrados judíos, incluido el Séfer Ietzirá, cada palabra está compuesta por el significado de todas las letras que la componen.

Utilicemos el planeta Marte para entender esto. Marte en hebreo es maedim y se deletrea "mem alef dálet yod mem", y su número se lee como "40 1 4 10 40". Leído en conjunción con el significado de Marte en la astrología tradicional y las interpretaciones de los alfabetos hebreos, Marte en la astrología cabalística significa que la energía es un flujo bidireccional en alef (que representa la vida y la muerte) y yod, que representa la existencia. Marte o maedim está formado por dálet, la resistencia arquetípica entre la vida y la muerte.

La astrología cabalística afirma que cada planeta tiene dos cualidades opuestas (o contrarias) además de su estructura y energía innatas. Para Marte, estas dos cualidades son hhokman y olet, que se traducen en sabiduría y locura. Por lo tanto, maedim (o Marte) representa el patrón extraordinario de la existencia humana. De este modo, el lenguaje de la Séfer Ietzirá permite conectar con todos los planetas astrológicos a través de una profunda comprensión de la vida, la muerte y la lucha y la energía de la existencia.

Profundicemos un poco más en la relación entre el árbol de la vida y la astrología de la cábala. Como ya sabe, el árbol de la vida está formado por las diez sefirot dispuestas en tres columnas verticales. La columna de la derecha representa la energía, la de la izquierda la forma y la del medio la conciencia. La columna de la derecha (que significa la energía) tiene las siguientes tres sefirot:

1. Biná o entendimiento con su planeta, Saturno
2. Geburá o disciplina con su planeta, Marte
3. Hod o reverberación con su planeta, Mercurio

La columna de la izquierda tiene las siguientes tres sefirot:

1. Jojmá o sabiduría con su planeta, Urano
2. Jesed o bondad con su planeta, Júpiter

3. Netsaj o eternidad con su planeta, Venus

La columna del medio está formada por las siguientes cuatro sefirot:

1. Kéter o la corona con su planeta, Neptuno
2. Dáat o el conocimiento con su planeta, Plutón
3. Tiféret o belleza con su planeta, el Sol
4. Maljut o fundación que representa el ascendente

A los seguidores de la astrología tradicional les resulta extraño (al menos al principio) que Marte, el planeta de la energía, se sitúe en el lado pasivo del árbol de la vida con geburá o la disciplina. A menudo se compara a un hábil luchador de artes marciales con geburá. Al igual que el luchador de artes marciales, geburá realiza esfuerzos disciplinados y precisos para lograr el resultado correcto sin ser ofensivo.

Por otro lado, netsaj corresponde a Venus, que es el símbolo principal de la atracción y la belleza. Esta joven está siempre en movimiento, y le hace ojitos o mueve su cuerpo para atraer a su amante. Por tanto, no es nada pasiva.

Sin embargo, el árbol de la vida también es lógico para un astrólogo convencional. Esto se debe a que el lado derecho del árbol de la vida simboliza el crecimiento y tiene los planetas benéficos, es decir, Júpiter y Venus. El lado izquierdo representa la decadencia y la destrucción y tiene planetas maléficos, a saber, Marte y Saturno. Mercurio, que se asocia naturalmente con el cambio y la adaptabilidad, está con hod o la reverberación.

El Sol y la Luna representan la autoconciencia y la conciencia del ego, respectivamente. El mundo de la autoconciencia es el de un individuo auténtico que sigue su conciencia con diligencia. El mundo de la conciencia del ego es el de los individuos que siguen la conciencia de la masa. El camino que une el Sol y la Luna se llama el camino de la honestidad.

El triángulo formado por tiféret, geburá y jesed en el árbol de la vida (sus planetas son el Sol, Marte y Júpiter) se llama la tríada del alma, el lugar donde comienza el crecimiento del alma. La fuerza de los planetas en este triángulo y su interconexión entre sí indican cómo el individuo en cuestión puede mejorar el camino de su desarrollo personal y espiritual.

El ritual menor del hexagrama

Este ritual es excelente para equilibrar la energía de todos los elementos dentro de usted. Los pasos del ritual:

- En primer lugar, tiene que hacer el ritual menor de destierro del pentagrama (RMDP), incluyendo la cruz cabalística al principio y al final del mismo.
- A continuación, forme una cruz con su cuerpo extendiendo ambos brazos hacia afuera. Mientras lo hace, cante las palabras Yod Nun Resh Yod y trace la letra hebrea correspondiente en el aire. Imagine un resplandor de luz azul del pentagrama (dibujado durante la RMDP) cubriendo también estas letras.
- Una vez hecho esto, vuelva a formar el signo de la cruz con su cuerpo extendiendo los brazos hacia afuera. Mientras lo hace, cante la frase: "El signo de Osiris muerto". A continuación, levante el brazo derecho hacia arriba, asegurándose de que los dedos estén bien unidos. Los dedos deben apuntar hacia el techo mientras la palma de la mano mira hacia adelante. Mantenga el brazo izquierdo extendido. En esta posición, sus manos formarán la letra L. Manteniendo esta postura, vuélvase hacia su izquierda y cante la frase "L, el signo del luto de Isis".
- El siguiente paso requiere que levante ambos brazos hacia arriba. Sus dedos deben apuntar hacia arriba, y el ángulo entre sus brazos debe ser de 60 grados y debe formar la letra V con su cabeza como vórtice. Mantenga esta postura, mire hacia atrás y cante las palabras: "V, el signo de Apofis y Tifón".
- A continuación, forme la letra x con las manos cruzándolas sobre el pecho, y las palmas deben mirar hacia usted. Manteniendo esta postura, incline la cabeza y cante las palabras: "X, el signo de Osiris resucitado".
- A continuación, vuelva a la posición de Osiris muerto y repita las palabras LVX. Permanezca en esta posición durante un rato. Manteniendo los brazos extendidos, diga: "la luz...". A continuación, cruce los brazos sobre el pecho

(la posición x) y continúe diciendo: "...de la cruz". A continuación, extienda las manos para formar de nuevo la cruz y repita las palabras: "que la luz divina descienda". Visualice que la luz desciende a su cuerpo.

- Cierre el ritual con la RMDP y la cruz cabalística. Cuanto más practique las evocaciones, más acceso tendrá a las energías divinas del cosmos. Los rituales de destierro son excelentes para consagrar su área de magia ceremonial. El poder sagrado desciende sobre usted consiguiendo que su cuerpo, mente y alma estén listos para todos los rituales de magia ceremonial que siguen.

Cuando complete su ritual, repita el RMDP y el ritual menor del hexagrama. Esto se hace para asegurar que cualquier fuerza o energía que haya evocado e invocado durante el ritual sea efectivamente enviada de vuelta a su lugar original. Cuando se hacen por sí solos, estos rituales ayudan a limpiar y despejar su aura y le mantienen con energía.

Las técnicas avanzadas del ritual del pilar central

Este ritual le ayuda a conectar con el pilar cabalístico del equilibrio. Cuanto más avanzado, profundo e intenso sea este ritual, más fácil le resultará conectar con el pilar cabalístico del equilibrio. Aquí hay algunas técnicas avanzadas para usted:

Respiración rítmica

Esta potente técnica debe realizarse antes de comenzar el ejercicio del pilar central. Es una gran técnica para incluir antes de cualquier ritual que emprenda. Hágalo antes de evocar o invocar un espíritu planetario, o antes de un ritual de limpieza, de desobstrucción, o antes de un ritual para hacer un talismán o sello, etc.

La respiración rítmica requiere inhalar y exhalar durante un determinado número de tiempos o cuentas. Se puede hacer una pausa después de la inhalación o después de la exhalación, y hay diferentes variaciones. La versión más básica es la siguiente:

Coloque dos dedos (el anterior y el medio) en su garganta, donde puede sentir su pulso. Utilice los latidos del corazón para obtener el ritmo de su respiración. Utilice cuatro latidos para inhalar y luego cuatro latidos para exhalar. Repita esto hasta que se sienta totalmente concentrado en su respiración. También puede utilizar el siguiente ritmo: seis latidos para inspirar, mantener tres latidos, y seis latidos para exhalar y volver a mantener tres latidos.

Si le resulta difícil al principio, puede utilizar la siguiente variación y luego pasar al anterior cuando se sienta cómodo y preparado:

- En cuatro latidos del corazón
- Mantener durante dos latidos
- Fuera durante cuatro latidos
- Mantener durante dos latidos

Una variante mucho más difícil que siguen los que dominan el arte de la respiración rítmica se realiza de la siguiente manera:

- Inhale durante 10 segundos.
- Exhale durante 20 segundos.
- Mantenga la respiración durante 30 segundos.

Los procesos de inhalación y exhalación tienen tres capas. A medida que vaya mejorando su técnica de respiración, notará estas capas al inhalar. Estas capas son:

- En primer lugar, expanda las contracciones de su diafragma, permitiendo que la zona del estómago se llene de aire.
- A continuación, sus músculos intercostales se contraen permitiendo que la zona de su pecho se llene.
- Y, por último, los músculos de los hombros se abren para que la cavidad torácica se llene de aire.

No hay capas fijas como esta mientras exhala. Suele ser como si la respiración saliera de su cuerpo en un gran chorro de aire. Lo siguiente que hay que tener en cuenta es cuánto tiempo debe hacer la técnica de respiración rítmica. El momento de parar es cuando se sienta totalmente calmado, concentrado, alerta y listo para entrar en el ritual.

Añadir color

Esta técnica consiste en añadir color a cada esfera del árbol de la vida mientras se concentra en los cinco centros energéticos esféricos durante el ejercicio del pilar central. Los colores son los siguientes:

- **Kéter** - Kéter está justo en la cima, un poco por encima de la cabeza. El color de Kéter es blanco brillante y reluciente.
- **Dáat** - Dáat está en la garganta. El color de dáat es un gris nebuloso o un azul lavanda.
- **Tiféret** - Tiféret está en la región del plexo solar. Es una esfera de luz de color amarillo dorado brillante.
- **Yesod** - Yesod está debajo del ombligo, cerca de los órganos genitales. Esta esfera de luz es de un intenso color púrpura.
- **Maljut** - Maljut está a los pies. La esfera de maljut está dividida en cuatro segmentos iguales por dos diagonales que pasan por el centro. Los colores de estos sectores son el negro, el rojo rojizo, el verde oliva y el citrino. Es bastante difícil visualizar una esfera con estos cuatro colores. Por lo tanto, a menudo se recomienda imaginar una esfera de color negro azabache.

Uso de los nombres de los arcángeles

Cada esfera tiene un arcángel dedicado. Puede vibrar el nombre de estos arcángeles mientras realiza la meditación del pilar central. A continuación, se presenta una lista de los nombres de los arcángeles y sus significados para cada una de las cinco esferas:

- **Kéter** - El arcángel de kéter es metatrón, y el significado de metatrón es "el poder detrás del trono".
- **Dáat** - El arcángel de dáat es Uriel. El significado de Uriel es "Dios es mi luz".
- **Tiféret** - El arcángel de tiféret es Rafael. El significado de Rafael es "Dios es mi sanador".
- **Yesod** - El arcángel de yesod es Gabriel. El significado de Gabriel es "Dios es mi fuerza".

- **Maljut** - El arcángel de maljut es Sandalfón. Sandalfón significa "padrino".

En la versión básica del ejercicio del pilar central, hay que invocar a los dioses de cada una de las cinco esferas. En la versión avanzada, debe vibrar el nombre del arcángel después de vibrar el nombre del dios asociado a cada esfera.

Respiración energética

Esta técnica se utiliza en la última parte del ejercicio básico del pilar central. En la parte final del ejercicio del pilar central, se visualiza un rayo de luz que asciende desde maljut hasta la parte superior de la cabeza, y luego desciende por el lado izquierdo para volver a subir al lado derecho del cuerpo. A continuación, se visualiza que este haz de energía luminosa rodea el cuerpo en un movimiento circular, bajando repetidamente desde la izquierda y ascendiendo hacia el lado derecho del cuerpo.

En una versión menos avanzada, puede visualizar una esfera de luz azul rodeando su cuerpo. Esta visualización es más fácil que la del rayo de luz circulando por su cuerpo, como se ha descrito anteriormente. Sin embargo, los efectos de la técnica más avanzada son mucho mejores que imaginar una simple esfera de luz.

Esto es lo que se hace con la respiración energética. Cuando exhale, visualice el rayo de energía que desciende desde su lado izquierdo y llega a maljut. Imagine que la parte ascendente de la energía sube por su lado derecho para llegar a kéter cuando inspire.

Para la siguiente exhalación, imagine que el segundo rayo de luz desciende desde la parte delantera de su cuerpo desde kéter hasta maljut. Al inspirar, imagine que este segundo rayo de luz asciende desde la parte posterior de su cuerpo, desde maljut hasta kéter. Por lo tanto, en la técnica de respiración energética, tiene dos rayos de energía para visualizarse de la siguiente manera:

- Exhale y visualice el primer rayo de energía descendiendo por el lado izquierdo de su cuerpo desde kéter hasta maljut.
- Inspire y visualice este rayo ascendiendo por su lado derecho desde maljut hasta kéter.

- En la siguiente respiración, mientras exhala, imagine que el segundo rayo de luz desciende desde kéter hasta maljut a través de la parte delantera de su cuerpo.
- Mientras inhala, imagine que este rayo de luz asciende por la parte posterior de su cuerpo desde maljut hasta kéter.

Puede parecer complejo cuando se leen las instrucciones. Pero una vez que empiece a practicarla y le tome el truco a esta técnica de respiración energética, es bastante fácil de dominar. Lo mejor de todo es que, incluso en los primeros días de práctica (cuando aún no domine esta técnica), es probable que sienta un fuerte cosquilleo de energía en sus manos y pies después de completar la meditación del pilar central.

Cuanto más profundice en estas técnicas avanzadas, más conexión encontrará entre su energía, la energía planetaria y la energía cósmica. Y cuanto más profunda sea esta conexión, más podrá acceder al poder astrológico del que disponemos.

Capítulo 10: Protección psíquica angelical

Los seres angelicales y los arcángeles han asistido a los humanos durante miles de años y están más que dispuestos a guiar y ayudar cuando se enfrentan a un obstáculo o a una situación difícil. Este último capítulo está dedicado a la magia angelical, centrándose en la protección psíquica.

Ángeles y arcángeles en diferentes culturas

Los ángeles y los arcángeles se perciben de diferentes maneras en la biblia y en las culturas y tradiciones de todo el mundo. Casi todas las culturas y sistemas de creencias del mundo tienen su propia versión de los ángeles, arcángeles y mensajeros espirituales que actúan como puente entre los seres humanos y lo divino. Veamos algunas de las figuras angélicas de las distintas culturas.

Los ángeles en el judaísmo y la cábala

Los judíos se refieren a sus ángeles como *malachim*, o mensajeros. Estos ángeles están colocados en un rango jerárquico, apareciendo para trabajos específicos. Cuando la tarea asignada está hecha, desaparecen.

En la cábala, hay un arcángel vinculado a cada esfera del árbol de la vida. Se cree que Dios, el creador manifiesta su energía creativa a través del cosmos. Utiliza a los ángeles y arcángeles para transmitir su energía a los seres humanos. Cada sefirá representa una fuerza creativa y tiene un arcángel vinculado a ella. Aquí hay una pequeña lista para su referencia:

- El arcángel de kéter es metatrón. El papel de metatrón es dirigir la energía divina de Dios a través del cosmos. Facilita los esfuerzos de los seres humanos para imbuir y absorber la energía sagrada de Dios en sus vidas. Equilibra las diversas disparidades aparentemente conflictivas del universo para que, en su conjunto, esté en perfecta armonía. Ayuda a los seres humanos a alcanzar la iluminación espiritual.
- El arcángel de jojmá (sabiduría) es Raziel, el ángel de los misterios. Él revela los misterios divinos para ayudar a las personas a obtener la sabiduría. También ayuda a los seres humanos a entender cómo utilizar sus lecciones en la práctica.
- El arcángel de biná (entendimiento) es Zaphkiel, el ángel del entendimiento compasivo. Él ayuda a los seres humanos a aprender más sobre Dios y su energía divina. Guía a las personas para que tomen decisiones rutinarias de forma que reflejen su identidad básica y auténtica.

- El arcángel de jesed (misericordia) es Zadkiel. Como ángel de la misericordia, difunde la misericordia de Dios por todo el mundo. Inspira la bondad y la misericordia para los que nos rodean. Otorga una bendita tranquilidad a los buscadores, lo que hace que confíen en que Dios escucha sus oraciones.
- El arcángel de geburá (fuerza) es Chamuel, que es conocido como el "ángel de las relaciones pacíficas". Este ángel ejerce un amor duro para que las relaciones se basen en fundamentos poderosos y veraces. El arcángel Chamuel y su equipo de ángeles ponen a prueba las motivaciones y creencias de las personas, y a través de estas pruebas, las personas son purificadas y limpiadas.
- Los arcángeles de tiféret (belleza) son Miguel y Rafael (más adelante en este capítulo se habla de ellos individualmente). Trabajan en tándem para ayudar a las personas a identificar e impregnarse de la belleza de la expresión divina, de modo que puedan aprovechar el poder de esta energía para pisar y alcanzar reinos de conciencia más elevados, normalmente fuera del alcance de aquellas personas cuyos niveles espirituales se encuentran todavía en etapas incipientes.
- El arcángel de netsaj (eternidad) es Haniel, el ángel de la alegría. Ayuda a las personas a confiar en Dios y les muestra que Dios es eternamente fiable. Enseña a las personas a lidiar con las emociones efímeras y les muestra cómo encontrar la felicidad y la alegría en todas las situaciones.
- Los arcángeles de hod (gloria) son también Miguel y Rafael, que trabajan juntos para expresar la gloria de Dios, que es hermosa y eterna.
- El arcángel de yesod (fundación) es Gabriel, el maestro comunicador y el ángel de la revelación. Dios ha hecho de Gabriel el arcángel principal encargado de la fundación del árbol de la vida. Él ayuda a las personas a conectarse con Dios, las ayuda a mantener su fe y a hacer transiciones importantes en la vida.

- El arcángel de maljut (el reino) es Sandalfón, el ángel de la oración y la música. Se encarga de que la energía divina fluya libremente para que todas las partes del reino de Dios se alimenten y nutran.

Los ángeles en el cristianismo

Los cristianos tienen ángeles de aspecto humano, cada uno con una cualidad y personalidad únicas. La presencia de los ángeles y su poder se representa a menudo mediante la imagen de una paloma blanca. A menudo, los ángeles adquieren una forma humana con alas y cuerpos bien esculpidos.

Los ángeles en el islam

Llamados malak o mensajeros, los ángeles en el islam tienen tareas específicas (como en el judaísmo). Los musulmanes creen que cada persona tiene al menos diez ángeles. Sus arcángeles son Jibrael, Mikael, Israfil y Azrael.

Los ángeles en el hinduismo

Los ángeles también aparecen en el hinduismo, aunque son muy diferentes de los que aparecen en las tradiciones abrahámicas. Los devas o dioses son guardianes espirituales que velan por los seres humanos, ayudándoles a alcanzar el objetivo último de cualquier vida, que es disolverse de nuevo en el parabrahman, el uno del que sale y se hunde todo el cosmos. Los ángeles y algunos devas son adorados como deidades menores y mayores según su poder.

Los ángeles en el budismo

En el budismo, los ángeles son almas que han nacido en reinos espirituales superiores. Solo son visibles para aquellos que están espiritualmente despiertos. Los devas pueden tomar forma física, pueden brillar con su propia luz, viajar grandes distancias y ayudar a los seres humanos a alcanzar la iluminación espiritual.

Ángeles en Japón y China

Los seres sobrenaturales se llaman tennin, llevan kimonos de plumas de colores para facilitar el vuelo.

Invocar a un ángel para que le guíe o proteja

Para los principiantes, uno de los métodos más sencillos y eficaces para invocar a los ángeles es utilizar oraciones sencillas que contengan sigilos angélicos. Puede utilizar este método de oración en cualquier lugar y en cualquier momento en que necesite que el poder de su ángel le proteja. Siempre que sienta problemas y necesite el poder de los ángeles para salir de ellos, solo tiene que repetir esta oración con los sigilos, y su ángel estará a su lado.

Como ya sabe, los arcángeles son seres espirituales perfectos que Dios creó para ser sus mensajeros y servidores. Sirven a Dios, existen para él y contemplan en él. Además, hay una estructura jerárquica en los rangos angélicos, y tres arcángeles están en la cima. Estos son Miguel, Gabriel y Rafael, cuyas funciones son más importantes que las de todos los demás ángeles y arcángeles.

Los tres nombres terminan con la palabra "el", que se traduce como "Dios". Por lo tanto, su único propósito es glorificar y contemplar a Dios sin cesar, día tras día. Su deber también incluye guardar, proteger y preservar los misterios de Dios. Veamos los tres arcángeles más importantes y populares a los que se recurre a menudo en la magia ceremonial.

Arcángel Miguel - El nombre proviene del hebreo "MI KA EL", que se traduce como "quien es como Dios". A Miguel se le representa con una espada porque es un guerrero que lucha contra satanás y sus emisarios. Miguel defiende a los que aman a Dios y protege a todo el pueblo de Dios. Su objetivo principal es transformar el miedo en amor.

Cuando invoca a Miguel, él puede ayudarle a entender y cumplir el propósito de su vida. Enseña a las personas a distinguir entre el bien y el mal, la mentira y la verdad. Es el patrón de los comerciantes, pasteleros, farmacéuticos y de todos los profesionales que utilizan la balanza. También es el patrón de los profesionales "protectores", como la policía, los bomberos, los soldados, los trabajadores de emergencias, etc. Los practicantes de la magia ceremonial llamados a proteger a las personas invocan a Miguel para que les guíe y ayude.

Arcángel Gabriel - El nombre hebreo de Gabriel se traduce como "poder de Dios". Se cree que es el espíritu más cercano a Dios y a menudo se le representa llevando un lirio en la mano. Expresa muy bien la comunicación divina y es el precursor de los mensajes de Dios a los seres humanos. Da los mensajes de Dios de forma comprensible y, por lo tanto, las personas lo escuchan con un corazón puro para que se abran a la voluntad de Dios.

El arcángel Gabriel es excelente para aquellos que trabajan en el campo de la comunicación, como los periodistas, mensajeros, correos, escritores, quiosqueros, etc. También es un excelente guía cuando tenemos que hacer anuncios tristes o difíciles.

Arcángel Rafael - Su nombre hebreo se traduce como "medicina de Dios" y representa la curación divina. Cura el alma y la libera del sufrimiento para que las personas puedan aceptar a Dios de buen grado. Es el patrón de los jóvenes, de los enamorados, de los recién casados y de los novios. También supervisa a otros profesionales como los médicos, las enfermeras, los farmacéuticos, los viajeros, los refugiados y los educadores.

Invocar a un arcángel de su elección requiere que sea puro de corazón. Invóquelo con todo su corazón y con total sinceridad. Ábrase a recibir sus bendiciones y mensajes. Ore a ellos a cualquier hora del día o de la noche, buscando su ayuda. Una vez que los haya llamado en su ayuda, suéltelos. Su(s) ángel(es) encontrará(n) la manera de ayudarle. Sus oraciones serán respondidas un día u otro en formas que no imaginaba.

Por ejemplo, si invoca a un ángel para que le ayude a liberar sus emociones reprimidas, es probable que llore inexplicablemente durante los próximos días. También es posible que afloren muchos recuerdos emocionales antiguos y olvidados. Estas señales son indicaciones de que su ángel ha escuchado su oración y le está ayudando a liberar sus emociones reprimidas.

Las viejas emociones no fueron realmente olvidadas. Es probable que las haya enterrado en lo más profundo de su psique porque le estaban causando mucho dolor. Ahora, con la ayuda de su arcángel, encontrará la fuerza para enfrentarse a ellas y liberarlas de su sistema.

Conectar con sus ángeles de la guarda

En el mundo de la magia ceremonial, los ángeles y arcángeles no son los únicos que entran en esta categoría. Incluso los guardianes y guías espirituales son llamados para ayudar a navegar los desafíos y obstáculos en el camino de su vida. Cuanto más interactúe con ellos, más se dará cuenta de que son sus entrenadores de vida divinos. Cuando conozca bien a sus ángeles, le resultará fácil reconocer y agradecer su presencia. Estos son algunos consejos que le ayudarán a desarrollar su capacidad para conectarse con los ángeles e invocarlos siempre que los necesite.

Descubra los nombres de sus ángeles de la guarda - Busque un lugar tranquilo y sin interrupciones y siéntase cómodamente. Relájese completamente utilizando cualquiera de las técnicas de meditación que se encuentran en este libro y calme y aquiete su mente. Cuando esté preparado, pregunte a su ser interior el nombre de su(s) ángel(es). El nombre será puesto en su cabeza por sus propios ángeles.

Si no le viene ningún nombre a la cabeza, es probable que sus ángeles quieran que usted les ponga nombres. Escoja nombres que le gusten y aprecien. Podría ser el nombre de un pariente favorito o de un viejo amigo del colegio al que quiso mucho. Puede ser un nombre que llene su corazón de amor y le haga sonreír. Podría ser el nombre de alguien que le hace sentir una profunda sensación de seguridad y amor cada vez que piensa en él.

Anote los nombres que le vinieron a la mente o que eligió para ser sus ángeles. Utilice estos nombres para invocarlos siempre que los necesite. Usar sus nombres es una gran manera de estar más conectado con sus ángeles. El sentimiento de su presencia en su vida se multiplicará cuando pueda dirigirse a ellos por sus nombres.

Pídales que le muestren las señales - Todos los seres divinos y espirituales utilizan signos para comunicarse con los seres humanos. Le envían amor y mensajes en respuesta a sus oraciones a través de signos. Puede pedirles ayuda de varias maneras; algunas de ellas son:

- Puede escribir su petición en su diario personal
- Puede enviar su petición a través de una oración formal

- Incluso puede meditar simplemente en su petición durante un tiempo

Su ángel de la guarda se pondrá en contacto con usted tarde o temprano. Después de que haya hecho la petición a través de cualquier modo, mantenga su corazón y su mente abiertos a las señales que su ángel le envíe. Las señales podrían manifestarse de nuevo de varias maneras, entre ellas:

- A través de un sueño profético
- Un negocio inesperado
- Un encuentro romántico con alguien que no esperaba; puede ser un viejo amor o alguien totalmente nuevo
- Una nueva perspectiva sobre un problema persistente que ha estado tratando de resolver durante mucho tiempo

Cuanto más profunda sea su conexión con sus ángeles, más fácilmente podrá conectarse con ellos.

Cree una canción dedicada a sus ángeles – La música va más allá de las limitaciones humanas. Su poder puede penetrar a través del espacio y llevar su mensaje a planos superiores de conciencia. La música viene directamente del alma, casi siempre sin las impurezas que impregnan el reino físico. La música provoca respuestas poderosas en los seres humanos y en los seres divinos y espirituales, como los ángeles y los mensajeros espirituales.

La música puede llevar su mensaje a los ángeles de muchas maneras. La asociación y los recuerdos de una canción en particular podrían ser el mensaje que llega a los ángeles. También puede ser la letra de la canción la que les haga llegar su mensaje. O podría ser la emoción detrás de la canción que ha creado la que lleva sus mensajes a sus ángeles.

Las canciones son como sus tarjetas de visita. Cuando quiera conectarse o recibir alguna respuesta de ellos, podría usar esta canción para intercambiar información. Si está sufriendo, esta canción que suena en la radio podría ser un mensaje de ellos asegurándole su presencia sanadora en su vida. Puede cantar o tocar esta canción con cualquier instrumento musical si necesita llamarlos. La canción que elija debe atraer el amor, el consuelo y la felicidad a su vida.

Escríbales cartas desahogando su corazón - Escriba cartas a sus ángeles dirigiéndose a ellos como "queridos ángeles de la guarda". Escríbales sobre las cosas que le pesan en el corazón. Escríbales sobre los problemas que le molestan. Pídales consejo sobre alguna decisión importante que tenga que tomar. Deje que sus emociones fluyan en la carta.

Quizá piense que sus ángeles de la guarda ya conocen su situación. Entonces, ¿por qué escribirles? Escribir es por su bien y no por el de ellos. Verter sus pensamientos en palabras puede ayudarle a reducir el dolor que siente. Y es un símbolo de usar su libre albedrío para buscar ayuda de ellos.

Cuando termine de escribir todo lo que quiere abarcar, concluya diciendo: "Por favor, ayúdenme en lo que puedan". De nuevo, mantenga los ojos, el corazón y la mente abiertos a las señales que puedan manifestarse de cualquier forma, incluidas las mencionadas anteriormente en esta sección. Si está fuertemente conectado con su intuición, entonces la señal podría ser en forma de un poderoso sentimiento visceral, visiones o incluso la voz de sus ángeles en su cabeza. Cuando reconozca la guía y la ayuda recibida de sus ángeles, no olvide escribirles una nota de agradecimiento.

Todos tenemos acceso a un equipo de ángeles que trabajan por nuestro bienestar espiritual y personal. Solo tenemos que llegar a ellos, y ellos responderán a nuestra llamada porque Dios los ha creado para este mismo propósito. Siga esforzándose por conectar con sus ángeles y, tarde o temprano, responderán a su llamada. Cuanto más les permita intervenir en su vida, más sentido y propósito tendrá su existencia.

Conclusión

Este libro ha cubierto todo lo que necesita saber sobre la magia ceremonial. Usted aprendió que la magia ceremonial, también conocida por otros nombres, es una antigua forma de magia que consiste en complejos rituales para acceder al poder de la metafísica y cambiar o alterar las cosas en el mundo físico. Es una forma sincrética de práctica y se inspira en una variedad de fuentes, incluyendo los grimorios, la cábala, y más.

Aprendió que desbloquear el poder de su mente a través de técnicas de meditación y visualización es la base para crear una base sólida en la magia ceremonial. El autodescubrimiento a través de poderosas técnicas forma la base para aprender y dominar la magia ceremonial.

Luego, aprendió sobre la importancia de la alquimia en la transformación de su alma al aprender a dejar ir las cosas que ya no sirven a nuestro propósito y aceptar aquellas que mejoran nuestro crecimiento espiritual. Esto se puede hacer a través de las siete etapas de la alquimia espiritual.

El impacto de la cábala y sus enseñanzas en la magia ceremonial no puede ser subestimado. El conjunto de códigos esotéricos contenidos en las enseñanzas de la cábala puede ayudarle a trascender lo físico y entrar en los reinos superiores de la conciencia. El árbol de la vida, con sus diez sefirot, constituye la base de las enseñanzas cabalísticas.

Las herramientas mágicas necesarias para la magia ceremonial son muchas, incluyendo el omnipresente athame, otras espadas, cuchillos y dagas, así como el cáliz, la varita, el pentáculo, las campanas, los sellos, los talismanes y más. La herramienta más poderosa es su poder personal y lo profundo que puede llegar a las profundidades de su mente.

Múltiples técnicas, incluyendo técnicas de centrado, conexión a tierra y escudo, llamando a los arcángeles, meditación del pilar central, etc., son aspectos vitales de la magia ceremonial. Los sellos y talismanes juegan un papel importante en los rituales. Por ejemplo, se cree que ciertos sellos y talismanes tienen poderes curativos mientras que otros tienen poderes protectores y más. Puede hacer su propio sello y talismán y potenciarlo con su energía e intención específica. Los sellos deben limpiarse, purificarse y cargarse regularmente.

La proyección astral es una parte integral de la magia ceremonial. El proceso implica el desprendimiento de su cuerpo sutil de su cuerpo físico para que el primero pueda atravesar el tiempo y el espacio sin restricciones físicas. La proyección astral es una parte natural de todos los seres humanos (se realiza inconscientemente mientras se sueña), y si se lleva a cabo de forma voluntaria y deliberada, esta actividad puede tener un impacto profundamente poderoso en su vida y en su forma de vivirla.

La cábala habla con detalle de la astrología y de cómo la energía planetaria afecta a la vida de una persona desde su nacimiento hasta su muerte. Y, por último, la magia ceremonial implica invocar y evocar el poder de los ángeles, arcángeles y ángeles de la guarda que están siempre dispuestos a ayudarle. La magia ceremonial es un montón de cosas, y el hilo común que corre a través de los diversos componentes discutidos anteriormente es el de la ética. Todos los rituales y ceremonias tienen que ser realizados éticamente y con la intención de hacer el bien, ya sea para usted o para el mundo. No hay lugar para las malas intenciones en la magia ceremonial.

Vea más libros escritos por Mari Silva

Su regalo gratuito

¡Gracias por descargar este libro! Si desea aprender más acerca de varios temas de espiritualidad, entonces únase a la comunidad de Mari Silva y obtenga el MP3 de meditación guiada para despertar su tercer ojo. Este MP3 de meditación guiada está diseñado para abrir y fortalecer el tercer ojo para que pueda experimentar un estado superior de conciencia.

https://livetolearn.lpages.co/mari-silva-third-eye-meditation-mp3-spanish/

Glosario

Alquimia — El poder de convertir los metales comunes en oro.

Altar — Superficie plana para trabajar.

Amuleto — Objeto cargado de poder que se utiliza como protección.

Athame — Hoja ritual.

Desterrar — Exorcizar espíritus no deseados.

Escoba — Escoba de bruja.

Libro de las sombras — Libro de cocina mágica también conocido como LDS.

Caldero — Olla mágica para cocinar.

Chakras — Siete vórtices de energía en el cuerpo humano.

Cargar — Mejorar los objetos llenándolos de energía espiritual.

Aquelarre — Grupo de brujas.

Arte — Una versión más corta de la brujería.

Puñal — Hoja ritual escocesa.

Poder divino — La fuente última de todas las cosas, la energía y la sabiduría.

Magia de la tierra — Uso de las fuentes naturales de poder que existen en los elementos naturales.

Elementos — Aire, fuego, tierra, viento y el yo o espíritu.

Elementales – Seres místicos relacionados con los elementos físicos.

Folklore – Cuentos históricos que incluyen magia, sabiduría, hechizos, curas y mitos.

Dios – La forma masculina de la deidad.

Diosa – La forma femenina de la deidad.

Grimorio – Diario mágico lleno de información, referencias y fórmulas.

Limpieza – Para deshacerse del exceso de energía cuando se practica la magia.

Ayuno de manos – Ceremonia de boda pagana.

Herbalismo – Magia con hierbas.

Ser superior – El nivel de nuestra conciencia que se conecta con las energías superiores.

Incienso – Uso de aromas derivados de la quema de aceites y hierbas para sintonizar los objetivos del usuario.

Karma – La creencia de que nuestras acciones tienen consecuencias que nos acompañan a lo largo de nuestra vida; la venganza espiritual.

Libación – Ofrenda a los seres superiores en forma de bebida.

Magia/Magick – Elevación de la energía a partir de fuentes naturales para provocar la transformación y el cambio. La grafía depende de la naturaleza del uso; magick se utiliza más ampliamente para describir las prácticas y el trabajo, mientras que magia es el término más general.

Bastón de mayo – Símbolo fálico tradicional utilizado en rituales y fiestas paganas.

Meditación – Acto de contemplación por introspección. Un tiempo tranquilo para reflexionar y considerar las conexiones entre el practicante y las deidades. Un momento en el que invitamos a los espíritus a ponerse en contacto con nosotros.

Madre – La energía femenina por excelencia que representa los ciclos de la vida y el renacimiento. Sus símbolos son el huevo, la luna y el sol.

Mito — Historias del folclore que contribuyen a la tradición de la tierra de la que proceden.

Nueva era — Mezcla de creencias religiosas tradicionales con ideas más modernas y creación de una nueva forma de pensar.

Ocultismo — Significa "oculto" y representa las formas menos aceptables de magia y brujería.

Antigua religión — Una forma alternativa de referirse al paganismo.

Pagano — Término que engloba a las religiones que no siguen reglas y creencias estructuradas.

Pentáculo — Una estrella de cinco puntas que se asocia generalmente con la brujería y la protección.

Poder personal — Energía que necesitamos para vivir y existir. Procede de fuentes divinas y se carga con objetos naturales.

Politeísmo — Creencia en deidades no relacionadas que no tienen ninguna conexión o relación entre sí; combinación de dominios para adaptarse al trabajo en cuestión.

Psíquico — La parte de la mente que funciona cuando no somos conscientes y que está preparada para recibir mensajes del mundo no físico y de los seres que lo habitan.

Rede — La creencia básica de toda brujería: No hacer daño.

Ritual — Trabajo ceremonial que refuerza las intenciones y ayuda a la bruja a obtener el resultado que desea.

Sabbat — Un festival para celebrar las creencias y los rituales de la brujería y la wicca.

Cristaloscopia — Una forma de magia de adivinación en la que el mundo físico crea mensajes para la mente psíquica para darles una forma de ver el futuro. La adivinación aumenta la percepción del pasado y de lo que vendrá en el futuro.

Sigil — Sello utilizado en un trabajo mágico.

Solitario — Término utilizado para describir a una bruja que trabaja sola.

Hechizo — Una forma predeterminada de atraer la magia, utilizando rituales y la palabra hablada.

Espiral — Símbolo místico de protección.

Báculo — Término alternativo para referirse a la varita.

Talismán — Objeto cargado de energía que atrae el poder espiritual al portador.

Ley del triple — La creencia wiccana de que todo el poder enviado se devuelve tres veces en volumen.

Visualización — El arte de las formas elevadas de imágenes mentales para crear energías e intenciones poderosas.

Varita — Herramienta utilizada en la magia.

Brujo — Un brujo masculino. Los verdaderos paganos no utilizan este término porque lo consideran ofensivo.

Rueda del año — El calendario pagano que detalla los ocho ciclos del año.

Wicca — Religión pagana moderna dedicada a la naturaleza y que practica con los elementos y observa la reverencia a la naturaleza.

Bruja — Practicante de la brujería.

Brujería — La práctica del trabajo mágico asociado con la naturaleza y el plano superior.

Bibliografía

Anomalien.com. "Grimorios históricos más poderosos". *Anomalien.com.* 11 de febrero de 2015. http://anomalien.com/most-powerful-historical-grimoires/

Caro, Tina. "8 poderosos hechizos de luna nueva [para el amor, el dinero y la abundancia]". *Magickal Spot.* Consultado el 1 de febrero de 2022. http://magickalspot.com/new-moon-spells/

Caro, Tina. "Ingredientes imprescindibles para el baño de limpieza espiritual [una lista]". *Magickal Spot.* 26 de julio de 2020. http://magickalspot.com/spiritual-cleansing-bath-ingredients/

DanFF. "10 Hechizos sencillos de protección contra las energías negativas para el hogar y el trabajo". Santuário Lunar. 7 de octubre de 2019. http://www.santuariolunar.com.br/en/10-simple-spells-for-protection/

Doctor Nana. "Conjuros de amor latinos y hechizos poderosos que funcionan". *Lovespells.tips.* 23 de febrero de 2017. http://lovespell.tips/latin-love-incantations/

Hardaway, Suzanna. "Una historia de los grimorios a través de los tiempos". *EzineArticles.* 27 de julio de 2010. http://ezinearticles.com/?A-History-of-Grimoires-Through-the-Ages&id=4751318

Hart, Avery. "5 pasos rápidos para crear un grimorio increíble como bruja principiante". *Avery Hart.* Consultado el 1 de febrero de 2022. http://thetravelingwitch.com/blog/2018/2/3/how-to-create-your-own-grimoire-as-a-beginner

Lee, Minerva. "Los 10 mejores mantras budistas para meditar y encantar". *Lotus Happiness.* 2 de octubre de 2016. http://lotus-happiness.com/top-10-buddhist-mantras-meditation-incantation/

La bruja moderna. “Anatomía de un hechizo”. *The Modern Witch.* Consultado el 1 de febrero de 2022. http://www.themodernwitch.com/?page_id=188

Séptimo Santuario. “Generador de invocaciones mágicas”. *Seventh Sanctum.* Consultado el 1 de febrero de 2022. http://www.seventhsanctum.com/generate.php?Genname=magicinvoke

Sheloya. “Comienza con la limpieza y la protección: Para principiantes en brujería”. *Universidad de la Bruja.* 4 de agosto de 2017. http://witchuniversity.com/2017/start-with-cleansing-and-protection-for-witchcraft-beginners/

Hechizos8. “8 reglas de protección que toda bruja debe conocer”. *Hechizos8.* 12 de marzo de 2019. http://spells8.com/lessons/protection-safety-casting-spells/

Telesco, Patricia. “Escribir poderosos encantamientos mágicos que funcionan”. *Construyendo almas bellas.* 26 de julio de 2018. http://witchcraftandwitches.com/witchcraft/writing-powerful-magical-incantations-that-work/

Sauce. “Grimorio vs. Libro de las Sombras”. *Volando el seto.* 1 de septiembre de 2014. http://www.flyingthehedge.com/2014/09/grimoire-vs-book-of-shadows.html

La Witchipedia. “Glosario de términos mágicos y ocultos”. *La Witchipedia.* Consultado el 1 de febrero de 2022. http://witchipedia.com/glossary-of-magical-and-occult-terms/

Desconocido. “Dr. Suresh secretos mantras antiguos: 140 antiguos mantras secretos”. *dr.sureshsecretmantras.* MANTRAS ANTIGUOS SECRETOS. 12 de octubre de 2012. http://drsureshsecretmantras.blogspot.com/2012/10/140-ancient-secret-mantras.html

'5 maneras de practicar la meditación centrada en la respiración | Everyday Health' EverydayHealth.com, www.everydayhealth.com/alternative-health/living-with/ways-practice-breath-focused-meditation

'7 técnicas de visualización para calmar su mente ansiosa'. Blog de Net Credit, 30 de abril de 2018, www.netcredit.com/blog/visualization-techniques-calm-anxious-mind

‘8 hábitos de atención plena que puede practicar cada día’. Projecthappiness.mykajabi.com, https://projecthappiness.mykajabi.com/blog/8-mindfulness-habits-you-can-practice-everyday?gclid=Cj0KCQiAw9qOBhC-ARIsAG-rdn4ZddBWegO1XOiFOQXOJCCr6j7uo00fTfmTzLdvQnF6awzC5Wl5bF4aAjKOEALw_wcB

'141 beneficios de la meditación: espiritual, físico y mental. Instituto EOC'. Eocinstitute.org,

eocinstitute.org/meditation/141-benefits-of-meditation

'Un astrólogo y un psíquico sobre cómo tener experiencias extracorporales'. Bustle, www.bustle.com/life/how-to-experience-astral-projection-astrologer-psychic

'El lenguaje astrológico en el séfer yetsirah, séfer Ietzirá (libro de la formación)'. Www.psyche.com, www.psyche.com/psyche/yetsira/sy_astro-lang.html

por. 7 etapas de la alquimia espiritual ★ Loner Wolf'. Loner Wolf, 5 de junio de 2015,

lonerwolf.com/spiritual-alchemy/.

Cherry, Kendra. 'Las mentes preconsciente, consciente e inconsciente'. Verywell Mind, Very well mind, 9 de diciembre de 2020, www.verywellmind.com/the-conscious-and-unconscious-mind-2795946.

'Conectar. Colaborar. Expresar | Round Glass Collective'. Collective. round. glass, collective.round.glass/meditation/articles/7-benefits-of-visualization

'Cómo conocer a sus ángeles de la guarda y liberar su poder'. Mind body green, 24 de mayo de 2016, www.mindbodygreen.com/0-25114/how-to-get-to-know-your-guardian-angels-unlock-their-power.html

'Cómo escribir un diario: 19 consejos para principiantes de los místicos modernos'. Loner Wolf, 12 de junio de 2021, https://lonerwolf.com/how-to-journal/

'Cómo conectar a tierra, centrar y proteger mágicamente'. Learn Religions, www.learnreligions.com/grounding-centering-and-shielding-4122187

'Cómo realizar el ritual de destierro menor del pentagrama'. Wiki How, www.wikihow.com/Perform-the-Lesser-Banishing-Ritual-of-the-Pentagram

Perspectivas, Nirvanic. Los ángeles en diferentes religiones, culturas y tradiciones. Nirvanic Insights. www.nirvanicinsights.com/angels-angelic-beings

'Cábala | Revista de historia cristiana'. Christian History Institute, christianhistoryinstitute.org/magazine/article/kabbalah

'Cábala: una visión general'. Www.jewishvirtuallibrary.org,

www.jewishvirtuallibrary.org/kabbalah-an-overview.

Kyteler, Emma. La daga athame y los cuchillos rituales en la wicca y la brujería. Eclectic Witchcraft. 2020, eclecticwitchcraft.com/athames-and-ritual-knives-for-beginner-witches

Marett, Coco. 'La brujería moderna y la magia ritual están transformando la escena del bienestar'. Tatler Asia, www.tatlerasia.com/style/wellness/hk-modern-witches-witchcraft-ritual-magick-interview

Miller, Matthew. 'Talismanes intemporales de todo el mundo'. Shondaland, 29 de septiembre de 2020, www.shondaland.com/inspire/a34167452/timeless-talismans-from-around-the-world

Peteonthebeat. 'La meditación del pilar central'. Medium, 17 de febrero de 2021,

peteonthebeat.medium.com/the-middle-pillar-meditation-756c83f5dbdc

'Psíquicos y médiums comparten 7 consejos para viajar a otros reinos'. Bustle,

www.bustle.com/life/astral-projection-techniques-explore-astral-realm-psychics-mediums

sigilathenaeum. 'Ateneo de sellos. Carga'. Descargo de responsabilidad sobre la carga: no todo el mundo utiliza los sellos de la misma manera. Lo que ve aquí son mis pensamientos sobre los sellos de carga, y no todo el mundo estará de acuerdo con ellos o hará lo mismo que yo. Esta página tiene algunos..,

sigilathenaeum.tumblr.com/Charging

'El ritual de destierro menor del hexagrama | PDF | Comportamiento y experiencia religiosa | Religión y creencias'. Scribd, www.scribd.com/document/22556980/The-Lesser-Banishing-Ritual-of-the-Hexagram.

'Árbol de la vida'. Kabbalah Experience, kabbalahexperience.com/stream-tree-of-life

Ward, Kerry. 'Su introducción a la magia de las velas con todo lo que necesita saber'. Cosmopolitan, 9 Mar. 2021, www.cosmopolitan.com/lifestyle/a31133533/candle-magic-colors-meanin

'¿Quiénes son los ángeles del árbol de la vida de la cábala?'. Learn Religions,

www.learnreligions.com/angels-kabbalah-tree-of-life-124294

'¿Quiénes son los tres arcángeles y cómo invocarlos?'. Www.palaisdurosaire.com, www.palaisdurosaire.com/gb/blog/who-are-three-archangels-how-invoke-them-n53

Witch, Starlight. 'La campana de la bruja como herramienta de altar: llamando a los espíritus y al cambio'. Starlight Witch, 14 de marzo de 2019,

www.patheos.com/blogs/starlight/2019/03/the-witchs-bell-as-an-altar-tool-calling-spirits-change

www.ingramcontent.com/pod-product-compliance
Lightning Source LLC
Chambersburg PA
CBHW060626310726
48982CB00003B/691

* 9 7 8 1 6 3 8 1 8 1 9 8 9 *